小小说美文馆

乡村爱情

主编◎马国兴

吕双喜

谁来为我做嫁衣

郑州大学出版社

图书在版编目(CIP)数据

乡村爱情:谁来为我做嫁衣/马国兴,吕双喜主编. —郑州:
郑州大学出版社,2014.2(2023.3重印)

(小小说美文馆)

ISBN 978-7-5645-1682-6

Ⅰ.①乡⋯ Ⅱ.①马⋯②吕⋯ Ⅲ.①小小说-小说
集-中国-当代 Ⅳ.①I247.8

中国版本图书馆 CIP 数据核字(2013)第 310903 号

郑州大学出版社出版发行

郑州市大学路 40 号　　　　　　　邮政编码:450052

出版人:孙保营　　　　　　　　　发行部电话:0371-66658405

全国新华书店经销

三河市鑫鑫科达彩色印刷包装有限公司印制

开本:710 mm×1 010 mm　1/16

印张:13

字数:185 千字

版次:2014 年 2 月第 1 版　　　　印次:2023 年 3 月第 3 次印刷

书号:ISBN 978-7-5645-1682-6　　定价:42.00 元

本书如有印装质量问题,请向本社调换

"小小说美文馆"丛书

总策划、总主审

杨晓敏　骆玉安

编委名单

主　编　马国兴　吕双喜

编　委　（以姓氏笔画排序）

王彦艳　连俊超　李恩杰

李建新　牛桂玲　秦德龙

梁小萍　郑兢业　步文芳

费冬林　郜　毅

序

杨晓敏

　　书来到我们手上，就好像我们去了远方。

　　阅读的神妙之处，在于我们能够经由文字，在现实生活之外，构筑属于自己的精神生活。透过每篇文章，读者看到的不仅是故事与人物，也能读出作者的阅历，触摸一个人的心灵世界。就像恋爱，选择一本书也需要缘分，心性相投至关重要，阅读的过程中，你会发现他与自己的不同，而你非常喜欢，也会发现他与自己的相同，以致十分感动。阅读让我们超越了世俗意义上的羁绊，人生也渐渐丰厚起来。

　　在这个信息碎片化的网络时代，面对浩若烟海的读物，读者难免无所适从，而阅读选本无疑是一个不错的选择。从《诗经》到《唐诗三百首》再到《唐诗别裁》，从《昭明文选》到"三言二拍"再到《古文观止》，历代学者一直注重编辑诗文选本，千淘万漉，吹沙见金。鲁迅先生说过："凡选本，往往能比所选各家的全集更流行，更有作用。册数不多，而包罗诸作。"为承续前人的优秀传统，我们编选了"小小说美文馆"丛书。

　　当代中国，在生活节奏加快与高科技发展的影响下，传统的阅读与写作方式发生了深刻的变化，小小说应运而生，成为当下生活中的时尚性文体。小小说注重思想内涵的深刻和艺术品质的锻造，小中见大、纸短情长，在写作和阅读上从者甚众，无不加速文学（文化）的中产阶级的形成，不断被更大层面的受众吸纳和消化，春雨润物般地为社会进步提供着最活跃的大众智力资本的支持。由此可见，小小说的文化意义大于它的文学意义，教育意义大于它的文化意义，社会意义又大于它的教育意义。

　　因为小小说文体的简约通脱、雅俗共赏的特征，就决定了它是属于大众文化的范畴。我曾提出，小小说是平民艺术，那是指小小说是大多数人都能阅读（单纯通脱）、大多数人都能参与创作（贴近生活）、大多数人都能从中直接受益(微言大义)的艺术形式。小小说作为一种文体创新,自有其相对规范的字数限定(一千五百字左右)、审美态势(质量精度)和结构特征(小说要素)等艺术规律上的界定。我提出的小小说是平民艺术,除了上述的三种功效和三个基本标准外,着重强调两层意思:一是指小小说应该是一种有较高品位的大众文化,能不断提升读者的审美情趣和认知能力;二是指它在文学造诣上有不可或缺的质量要求。

小小说贴近生活,具有易写易发的优势。因此,大量作品散见于全国数千种报刊中,作者也多来自民间,社会底层的生活使他们的创作左右逢源。一种文体的兴盛繁荣,需要有一批批脍炙人口的经典性作品奠基支撑,需要有一茬茬代表性的作家脱颖而出。所以,仅靠文学期刊,是无法垒砌高标准的巍巍文学大厦的。我们编选"小小说美文馆"丛书,是对人才资源和作品资源进行深加工,是新兴的小小说文体的集大成,意在进一步促进小小说文体自觉走向成熟,集中奉献出思想内容与艺术形式兼优的精品佳构,继而走进书店、走进主流读者的书柜并历久弥新,积淀成独特的文化景观,为小小说的阅读、研究和珍藏,起到推动促进的作用。

编选"小小说美文馆"丛书,我们选择作品的标准是思想内涵、艺术品位和智慧含量的综合体现。所谓思想内涵,是指作者赋予作品的"立意",它反映着作者提出(观察)问题的角度、深度和批判意识,深刻或者平庸,一眼可判高下。艺术品位,是指作品在塑造人物性格,设置故事情节,营造特定环境中,通过语言、文采、技巧的有效使用,所折射出来的创意、情怀和境界。而智慧含量,则属于精密判断后的"临门一脚",是简洁明晰的"临床一刀",解决问题的方法、手段和质量,见此一斑。

好书像一座灯塔,可以使我们在瞬息万变的社会不迷失自己的方向,并能在人生旅途中执着地守护心中的明灯。读书是一种积极的生活情趣,一个对未来的承诺。读书,可以使我们在人事已非的时候,自己的怀中还有一份让人感动的故事情节,静静地荡涤人世的风尘。当岁月像东去的逝水,不再有可供挥霍的青春,我们还有在书海中渐次沉淀和饱经洗练的智慧,当我们拈花微笑,于喧嚣红尘中自在地坐看云起的时候,不经意地挥一挥手,袖间,会有隐隐浮动的书香。

(杨晓敏,河南省作协副主席,郑州小小说文化传媒有限公司董事长、总编辑,《小小说选刊》《百花园》主编。)

目录

谁来为我做嫁衣

袁省梅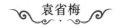

　　穗是嫁衣裁缝。穗做的嫁衣十里八乡都有名。

　　人们都说,穗做的嫁衣,好看,要腰有腰,要胯有胯,胖子穿着显瘦,瘦子穿了苗条。有人说,穗做的扣子,好看,琵琶式的、蝴蝶式的、心形的、云形的……哪个都好看。多嘴的女人悄悄地说,要是穗给自己做一身嫁衣,不知道该有多好看哩。

　　有人就摆手,嘘,小声点,别哪壶不开提哪壶,好不?

　　穗的模样俊俏,可穗是哑巴。穗很少说话,不愿意"啊、啊"地叫,别人说话时,她一双水灵的眼睛总是盯着人的嘴和手看。穗很聪明,一看,就明白了,笑笑,点头,在地上画样子给做嫁衣的女孩子看。领口不喜欢?穗点头,抹了,重新画;袖口不如意?蹭了,改。直到女孩子脸上露出抹不掉的笑,穗才量身、裁衣、缝制。穗做出的嫁衣跟画的一个样。

　　穗从年头做到年尾,从春做到冬,一年一年,不知做了多少件嫁衣,不知让多少女孩子穿上她做的嫁衣,变成漂亮的新娘。唯独没有给自己做一身嫁衣。嫁衣都是婆家送的绸子缎子。没有人给穗送。穗没有婆家。

　　穗喜欢前巷的二娃。二娃也喜欢穗。二娃借把锄头,找他家的猪,有事没事的都要来穗家。一来,就靠着院里的那棵绒线树,与穗说话,有一搭没一搭,天上一句,地下一句,自说自答。他知道穗不会说话,但他知道他回答

的就是穗心里想说的。这时，穗就停了手里的活，笑盈盈地看着二娃。有时，二娃也不说话了，两人你看着我，我看着你。直看得穗脸上红红得跟火燎了一样，编的扣绊子也错了。

说过。这事二娃父母不同意。咱全全乎乎一个人，怎能娶个哑巴？二娃爸说："娃呀，穗是好娃，可她是哑巴，跟一个哑巴过一辈子有啥意思？娃呀，比穗好看的女子有的是，凭咱家这情况，给我娃娶个好媳妇不成问题的。"

胳膊拗不过大腿，二娃只有偷偷地去穗家，陪穗说话，逗穗开心。二娃一走，穗便呜呜地哭。

六月里，绒线树开满了花，粉红粉红的，满院子都是绒线花浓郁的香味。穗喜欢绒线花，一丝一缕的花瓣，像极了她的心思。摘一朵，嗅嗅，别在衣襟上，坐在树下编襻扣。二娃来了，递过来一个包裹，要她打开。穗打开包裹，一块粉粉的缎子，绣着绒线花的缎子。穗的脸红了，指着缎子，一脸的不解。二娃笑嘻嘻："送你的，做一件嫁衣，嫁给我。"

绒线花不仅香味浓郁，而且花期长。绒线花还没凋零，穗用二娃送的料子做了一件嫁衣，粉粉的嫁衣，恰好的腰身，嫩绿的鸳鸯襻扣，高高的立领。穗穿上，镜前一照，粉白的脸越发娇艳。

有人叫门，穗赶紧脱下衣服，小心地叠好，包起，藏在柜子里。看看那柜子，穗笑了。

来人是二娃的娘。"二娃定亲了，穗儿呀，劳烦你为新媳妇做几身嫁衣。"

穗蒙了，听不懂二娃娘的话。

二娃娘看穗一脸疑问，重复了一遍。

这下穗真真切切听明白了。她觉得头有些晕，就指指头，指指头上的太阳。二娃娘说，"明天去是吗？"穗心里有泪，忍着，点头。二娃娘说："好，明天套马车接你。"

第二天，二娃爹吆着马车接穗来了。穗收拾好剪刀、针线，坐在马车上，来到二娃家。穗见到了二娃未过门的媳妇，没看见二娃。穗在二娃家一连做了五天，给二娃的新媳妇做了三身漂亮的嫁衣，都没见到二娃。

第五天，要做的嫁衣都做好了，新媳妇试了一套又一套，欢喜得脸上开了花。天快黑时，穗收拾好剪刀和针线，要走了。新媳妇也收拾好新嫁衣，要回家了。二娃回来了。

二娃是让人抬着回来的。原来，二娃跟人上山拉煤，从山崖上摔了下去，摔断了腿。留条命够不错了，那路上多少人摔下去都没了命啊。大家都劝二娃，还有二娃的爹娘。

二娃娘哭天喊地，说老天爷不开眼，娃眼看着要娶媳妇了，腿咋就断了呢？

新媳妇扔下手中的包袱，哭着跑了。

穗也哭着回到家里。爹指着炕上的一堆绸缎，"这是后巷的合子送的。媒婆来给合子提亲，你也不小了，我允了。你抽紧，做几身嫁衣。"

穗不理爹，哭着打开柜子，取出二娃送的嫁衣。

爹眉毛一横，眼瞪得老大，"不行，他好时不要你，现在腿断了，啥也干不了了，没人跟了吧，你就不会吱个声嘛，啥不好。合子也是好娃，爹也收了人家的礼钱，你就别胡思乱想了。"

爹气哼哼地。

穗包着那件粉红的嫁衣，看了又看，最后，包好，压在柜子最底层。

穗坐在绒线树下做活，不是把前襟连到了后片上，就是把袖子裁剪得短了。穗不做了，望着绒线花发呆。

秋天来了，树上只剩下细细碎碎的如心事一样的叶子，没有一朵绒线花了。二娃来到穗家，拄着拐杖，靠在绒线树上，对穗说，"穗，嫁了吧。合子比我好，合子能好好照顾你，我现在这样，不能让你幸福。"穗的眼泪吧嗒吧嗒往下落。穗回屋，从柜子翻出那件粉红的嫁衣，穿上，扑到二娃的怀里。

绒线树上的绿叶都要落尽的时候，穗出嫁了，嫁给了合子。人们都说穗的新嫁衣不好看，大红的衣服怎么配个紫色的襻扣。还有那衣服一点也不合身。穗不听人们说什么。穗没有带走那件粉红的嫁衣。穗把它包裹好，埋在了绒线树下。穗把它埋得很深很深。

哎呀，哎呀，哎呀

赵　新

　　经人介绍，老头儿和老婆儿在县城的庙会上见面了：老头儿中等个头，身体硬朗；老婆儿满脸慈善，穿着朴素。

　　老头儿很高兴地把老婆儿领到了一家小小的酒馆，要了一个雅间，两个素菜，两碗肉丝面。因为嗓子干渴，还要了两瓶饮料。

　　老头儿对老婆儿说："你吃，看，凉了！"

　　老婆儿不吃，低了头抚弄自己的衣襟。

　　老头儿说："哎呀，都什么年纪了，还嫌臊！我先自我介绍一下，我叫刘老泰，今年六十二岁，初中文化程度，西河村人，是个社员！"

　　老婆儿笑了："社员？你们西河村还有'社'么？"

　　老头儿说："哎呀，我说惯了，我不是社员，我是西河村的一个村民！"

　　老婆儿说："你牙疼么？老'哎呀'什么？"

　　老头儿说："毛病，我一激动就'哎呀'！你吃，再不吃就腻了！"

　　两个人这才慢慢地吃，慢慢地喝。吃喝中间，老婆儿见缝插针，也做了自我介绍："俺叫李二妮儿，今年五十八岁，东岗村人，是个老百姓！"

　　老头儿笑了："哎呀，我们村的人们说，吃桃儿吃鲜儿，娶媳妇娶三儿，你怎么是二妮儿？你是三妮儿多好？"

　　老婆儿不高兴了："二妮不是人么？你嫌弃，俺走，你找你的三妮儿去！"

老头儿慌了:"哎呀,我就那么说说,你倒当真了! 实际上我也是老二,我的小名叫二小! 我们村的人们说,二小二小,命运不好,吃哥哥剩饭,穿哥哥剩袄!"

酒馆临街,街上很热闹,叫卖声、锣鼓声、鞭炮声浪潮似的涌进雅间里,搅得他们很不安宁。老头儿喊来了服务员,要求换个僻静点的房间。那个小姑娘张嘴就说:"你们两个毛都白了,老夫老妻了,还有什么悄悄话可说,还有什么秘密事要做? 不换!"

老头儿很尴尬,老婆儿也很尴尬。他们尴尬着,小姑娘走掉了。

老头儿立起身来把窗户关严实:"这小妮儿说话没礼貌,我去找她娘去!"

老婆儿说:"算了吧,你知道她娘是谁么?"

老头儿说:"她也不想想,咱们见面容易么? 我是向儿子请了假,说我上庙会买东西,这才进城的!"

老婆儿说:"俺也是,俺也是说上庙会买东西!"

他们从酒馆里走出来,在熙熙攘攘的大街上,老头儿花一块钱,给老婆儿买了一只苍蝇拍子。

老婆儿说:"俺不要,要它干啥?"

老头儿说:"你不是说上庙会买东西么? 拿回家去有个交代,糊弄儿子——马上要有苍蝇了!"

他们第二次见面是在半个月之后的一个晚上,地点是在东岗村村北,那里有一片树林,树林旁边有一弯缓缓流淌的河水。

月光融融,流水淙淙,有风吹过来时,树叶就沙沙作响,欢呼起一片掌声。

老头儿说:"这地方可不赖,挺安静,也挺干净!"

老婆儿说:"你打电话叫我找个好地方,我就想到了我们村北这片树林。年轻人常常在这里谈恋爱——我问问你,你儿子同意你再找个伴儿么?"

老头儿说:"同意就好了,可是他不同意! 上一次上庙会回来,他突然问我,爹,你那么大岁数了,也不怕别人笑话呀? 你不怕,我们怕! 你儿子同意你再找个伴儿么?"

老婆儿说:"哎,同意什么呀!我儿子说,娘,你走了谁给我们领孩子,谁给我们做饭呀?你不能光想你自己,得想想咱这一个家!"

两个人沉默了,月光下流水低吟,雾霭迷蒙,在这湿漉漉的夜色里,他感到有点凉,她感到有点冷。

一颗流星划过来,拖着灿烂的尾巴,飞过了树林。

老头儿说:"已经过了谷雨了,天气还这样!你冷么?冷了到我怀里来!"

老婆儿说:"俺不冷!八字还没一撇哩,冷也不叫你抱俺!"

老头儿脱下褂子来:"给,给你披上吧,披上暖和些!"

老婆儿说:"俺不披,俺嫌你的褂子汗腥味!一个没有女人的男人,脑袋上都是土,衣服上都是汗,你说是不是?"

老头儿流泪了。明亮的月光下,那泪纷纷扬扬,一串一串。

老婆儿说:"你才是哩!你怎么哭啦?"

老头儿说:"你的话很知己,很感人!其实,脑袋上有土我不怕,衣服上有汗我不怕,我就怕一个人待在家里,听外面的风声雨声!我孤独呀,我寂寞呀,我惆怅呀,结果越盼鸡叫鸡越是不叫,越盼天明天越是不明……"

老婆儿流泪了。老婆儿挪过身子来:"看你可怜的,给,给你抱抱吧!"

老头儿说:"不抱啦,我走吧,你们村离我们西河村八里地,我早点回去吧——我看咱俩就下定决心,不怕牺牲,管它南北西东!"

第二天上午,老婆儿给老头儿打来了电话。老婆儿慌慌地说:"老泰,不好啦,咱俩昨天晚上的谈话被人听见啦!今天早晨他把孩子递到我怀里说,娘,看他可怜的,给,给你抱抱吧!"

老头儿心里一惊:"哎呀,这不是你说过的话吗?"

老婆儿说:"他还说,娘,孩子小,好调皮,你别嫌他脑袋上都是土,衣服上都是汗……"

老头儿急了:"哎呀,这个人是谁呀?"

老婆儿说:"你还听不出来吗?这个人是我儿子!"

老头儿说:"哎呀,这一回我的牙真的疼了——咱该怎么办呀?"

男人的钱

赵 新

村里人吃晚饭的时候,男人和女人结结实实吵了一架!

男人从地里干活回来,拖着浑身的疲惫,满指望进家之后有一碗热汤热饭,填填饥肠辘辘的肚子,去去浑身的风寒。已经是霜降节令,那一天,飘摇不定的细雨打湿了他的衣服,他又冷又饿,腰疼腿酸。

他中午就没吃饭。他干活儿的地方离村子很远,他嫌来来往往耽误时间。

可是女人没有在家,屋里冷锅冷灶,凉筷子凉碗,还有遍地鸡屎,一撮一撮,一摊一摊。

他想喝杯开水暖暖身子,暖瓶空空如也,倒出来一股凉风,满腹心酸。

女人回来了。女人是跑步回来的。女人见了他满脸笑容,满脸的灿烂。

女人说:"对不起,我去玩了一会儿,紧跑慢跑,还是回来晚了。"

女人所说的"玩"就是打麻将。女人是个麻将迷,玩起麻将来雷打不动,一屁股能把板凳坐穿!

女人说:"他爹,我今天运气好,赢了几十块钱!"

女人说:"他爹,我知道,你冷了饿了,我现在就给你做饭!"

他最反对女人打麻将,也最痛恨女人打麻将。人家的女人家里地里针线农活儿都特别能干,都特别能给家里创造财富,而自己这个女人只会打麻

将,活儿基本上不干;不但不干,麻将桌上她还欠了不少饥荒,常常有人找上门来朝他讨钱!

他有些激动地说:"你赢了几十块钱,你已经输了多少钱? 你说呀,前前后后,你已经输了多少钱?"

女人笑了笑,开始刷锅。

他有些生气地说:"你运气好,你本事大,你别回家,你别吃饭,你接着往下打,打它个鸡叫天明,再打它个日落西山!"

女人又笑了笑,开始点火。

他愤怒地说:"你看看咱家这个摊场,桌子上都是尘土,地上都是鸡屎,还有一屁股饥荒,要是你爹你娘来了,丢人不丢人?"

女人一下子阴沉了脸:"你放屁,这和我爹我娘有什么关系?"

他们就是这样吵起来的,并且越吵越凶,越吵越激烈。吵到后来女人就把灶膛里的火弄灭了,不做饭了。女人说:"饿死你活该! 我还去打麻将,我还接着输,我还接着借钱,气死你!"

女人再回来的时候已经是凌晨两点。女人的眼已经困得睁不开了,摸进屋里,倒头便睡。外面的雨又下大了,淅淅沥沥,缠缠绵绵。

朦胧中女人忽然发现了一个大问题:她觉得身边凉飕飕的,少了往日的温暖,用手摸了摸,原来躺在床上的只有她自己! 男人呢? 哎呀,男人呢? 是不是因为恶狠狠地吵了一架,因为那些饥荒,男人跑了? 跑了倒也不怕,跑了还会回来;就怕他一时想不开⋯⋯

女人拉开灯坐了起来。夜沉沉,风凄凄,雨打房檐,单调而又孤寂。没有男人还有女人么? 没有男人还有家么? 女人想起男人许多好处、许多温情、许多体贴来,眼里有了明晃晃的泪水:男人是好男人,在村里没人说不是;可自己和别的女人比起来,是不是差了一大截子? 不说别的,为了打麻将,男人吃个饭都吃不好,有时候生,有时候冷,有时候忘了搁盐,有时候忘了搁油,有时候很不及时!

恰恰男人从不挑剔!

女人想去找男人，可三更半夜，雨水连天，哪里找他呢？

女人看见了桌子上的尘土，看见了屋地上的鸡屎。那东西真刺眼，真难看，真给她丢人，真给这个家丢人！想起自己在娘家做闺女的时候，很讲究干净整洁，"眼里容不下一粒沙子"，女人忽然不困了，女人想反正男人没在家，我现在就打扫这些脏东西！

男人是在第二天上午回来的。男人回来的时候手里拿着一把伞，身上的棉大衣却被雨水淋透了。男人告诉她，昨天下午从城里来了一帮开矿的人，拉来了不少机器和工具，他们怕挨雨淋，晚上又都要返回城里去，不知怎么打听到他老实厚道，就找上门来请他给他们值夜班，看摊子。男人说，因为走得太急促，也没和你打招呼，就披上大衣去了山里……

女人说："你走的时候没吃饭？"

男人说："没，那时候刚吵了架，家里也没吃的。"

女人说："你昨天夜里没睡觉？"

男人说："没，给人家守夜不敢睡，也没地方睡。"

男人脱掉大衣，从怀里掏出来两百块钱，颤颤地递到她的手里。男人说矿上的老板真大方，值了一个夜班，老板就给了他两百块钱！男人说你拿这钱还饥荒去吧，还一点是一点，省得人家追着屁股朝咱要，弄得脸红脖子粗的！

男人忽然发现地上光洁了，屋里亮堂了。男人笑了说："昨天吵架是我的不对，是我先发的火，我整整想了一夜，我不该伤害你的自尊！"

女人抱住男人哭了又哭，泪水打湿了男人的胸脯子。

女人再也不打麻将。女人说："有这样的男人，我还打麻将做什么！"

乡村爱情·谁来为我做嫁衣

放 鸦

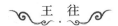

王 往

它的学名叫鸬鹚，有些地方人叫它鱼鹰，我们平原上人叫它鸦。

鸦是水中的狼，它们会合伙儿逮鱼。要是一只鸦发现了大鱼，自己单个逮不上来，就会冒出水面，一甩脖子，再迅速潜下去，放鸦人就知道它的意思了，喊开集体出动的鸦号子，其他的鸦就一齐上阵，有的啄眼，有的叼尾，有的衔鳍，硬是把大鱼"抬"到捕桶边。

每到傍晚，姜大号子就会赶着他的鸦，挑着捕桶来到绿荷塘。姜大号子是姜庄人，离绿荷塘西圩有二里多远，祖祖辈辈以放鸦捕鱼为生。叫他大号子，是因为他的鸦号子喊得好。

千莲喜欢听他喊鸦号子。

那天下午，姜大号子来放鸦捕鱼，千莲也在圩上掐芦叶。

姜大号子把捕桶放下河，轻快地跳了进去，竹篙往岸上一抵，捕桶就前进了几米远。

"呀嗬嗬——"姜大号子一声喊，老鸦小鸦就扑通通跳进了水里。有两只小鸦在原地打闹。姜大号子用竹篙一敲水面，喊开了："哎呀哩，小宝贝，你怎么这么不听话的，不打了，不闹了，乖乖溜溜下湖哩……"两只小鸦就赶忙张开翅膀扑下了河。逗得千莲笑起来。

千莲看姜大号子捕鱼，总是看得入迷，看着看着，就会有一条鱼飞到自己脚下。

"妹子,拿去给孩子吃!"姜大号子喊道。

千莲摇头。

又一条鱼飞上来,比刚才那个还大。

千莲想,我不是嫌少哩,我是不想占你便宜哩。又摇头。

姜大号子又扔过来一条。

这个犟脾气男人,非要人拿他的鱼! 千莲笑起来,只好摁住一条,用柳条穿了腮,拴在芦苇根上。姜大号子这才罢休,扯起嗓子喊起鸦号子。

> 十八岁大姐放老鸦
>
> 小二郎的哥哥舍不得她
>
> 小船儿下湖有风浪呀
>
> 鸦嘴里扳鱼像打架
>
> 哥哥去了不费二两劲啊
>
> 小大姐你为何不听哥哥话……

几天过去,两人就熟了。姜大号子收鸦时,千莲在哪儿掐芦叶,他就在哪儿上圩子。

千莲说:"以后别给我大鱼了,大鱼你要卖钱的。"

姜大号子说:"钱短人长。鱼是河里长的,又是鸦捕的,给你一点鱼有什么?"

千莲说:"老拿你东西,怎么好意思。"

姜大号子说:"哪家小孩子不要补养,我送你小孩儿的。"

千莲愣了一下,低下头:"我没……孩子。"

姜大号子说:"啊,对不起,对不起……"

姜大号子临走时,千莲从芦苇丛里拿出一包菱角给他。千莲说:"也是绿荷塘里生的,绿荷塘里采的。"

姜大号子说:"你客气了,你客气了。"

千莲说:"拿回去给家里人尝尝。"

姜大号子说:"好哩,那我代孩子多谢你了。"

千莲说:"你几个孩子?"

姜大号子说:"两个,都是男的。"

千莲说:"你真有福气。"

姜大号子说:"这算什么福气哟……我走了。"

"明天还来不来了?"千莲问姜大号子,心跳得厉害。

"不……来……"姜大号子含糊地说。

"来还是不来?"

姜大号子不做声了。

"明天,你要是来,就去老鸦岛那里。"千莲丢下这句话,先走了。

第二天下午,姜大号子去了老鸦岛。

千莲早就在那里等他了。

姜大号子把捕捅划到小船边上。一群鸦也跟来了。

千莲从一个布包里拿出了一块折叠的布,站到船尾,"哗"一声抖开,平铺到了船舱。原来,是被单,白底蓝花,闻得出香胰子味。

姜大号子扭头看他的鸦。

千莲说:"大号子,我还没生过孩子……"

姜大号子还是愣着。

千莲说:"大号子,我晓得你是正经人,你不要怕……你是帮我的……"

姜大号子这才上了船。到了船上,这个男人不再老实了,不再木讷了,他猛地把千莲抱住了,热烘烘的气息又把千莲熏倒了。

千莲怀上了。

千莲生孩子了。

一晃,好多年就过去了。

这天,千莲在河里下网。下了几张丝网,忙了半天,也没捞到几条鱼。她就收了网,划向老鸦岛,换个地方看看运气。

到了老鸦岛,也有几个人在捕鱼,不用网,也不放鸦,都是用的捕鱼器。

最后一张网下好时,千莲抬头,看到了一个人——姜大号子。他还是撑着捕桶,可是周围没有鸦,捕桶上横着带电线的竹竿。千莲站起来,看到了捕桶里的捕鱼器。

姜大号子对她笑笑:"你也来了。"

千莲点点头,问他:"你的鸦呢,不放了?"

姜大号子说:"鸦死的死,老的老,小鸦一个也没有了。"

千莲问:"小鸦呢?"

姜大号子说:"现在四周的人都用捕鱼器,再用鸦捕鱼就落后了,它们捕了鱼还要吃掉一些,养鸦不划算了,老鸦下了蛋,我也就没让孵小鸦。"

千莲说:"那些鸦多好……"

姜大号子叹了一口气:"唉,我也没办法,两伢子上高中了,要钱花,不捕鱼不行。"

千莲点点头,说:"也是。再想听鸦号子不容易了。"

姜大号子苦笑着:"老啦……老啦,不喊了不喊了……"

姜大号子撑开了捕桶,说声"走了",就走了。

一眨眼,只有一个影子了。

从那个影子的方向,传来了鸦号子。

> 一洼子的水一洼子的鱼呀
>
> 一洼子的金呀一洼子的银
>
> 小二郎放鸦放到东海边
>
> 回头看看还是绿荷塘美呀
>
> 回头看看小大姐你眼里一汪水……

千莲愣愣地坐着,丝网一动不动。

鸦号子越来越远了……

古典爱情

王奎山

我年轻的时候,在一所乡下中学教书。那所学校的布局大体上是这样子的:学校的大门朝南,进了大门是一条大路,把学校分成两半,东边是教师办公室、教室、学生宿舍;西边是一个大操场。大操场的北头有一眼水井,水井再往北就是学生食堂。

一个星期天的下午,我因为实在没事可干(我那时还没结婚),就在大操场的北头篮球架下练投篮。正玩得投入,忽然听到一个女同学在水井那边叫喊:"快来呀,有人掉井里啦!"我听到喊声,不敢怠慢,立即跑到水井边,"扑通"一下就跳了进去。等我跳进去以后才发现,落水的是一个女同学。女同学抓到我,如同抓到了一根救命稻草,双手紧紧地搂住我的脖子,再也不肯丢开。我一手抠着井壁上的砖缝,一手搂着女同学的腰,把她托出水面,才对她喊道:"别搂我的脖子,别搂我的脖子!"女同学这时已经清醒过来了,遂松开了她的双手。我用手搂着她的腰,她的丰满的乳房则紧紧地贴在我的脸上,让我想躲都无法躲开。

这时,食堂里做饭的大师傅赶了过来。他们放下来一个淘米用的竹篓,先是把女同学拉上去,然后又把我拉了上去。原来,女同学和同伴儿一起到井边打水(那时候学校里还没有自来水),不小心掉到了井里。

当天晚上,我奋不顾身救女同学的事就传遍了整个校园。

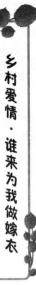

被救的女同学叫蔡琴，是高二（3）班的学生。那时候学生年龄都比较大，听她的班主任说，蔡琴已经十九岁了。

我以为这事就这样子结束了，谁知道这才仅仅是个开始。

过了十几天，蔡琴一个人来到我的宿舍，红着脸对我说，她大（父亲）让我到她家去一趟。我以为是要感谢我，说："那不算个啥事，很平常的。"蔡琴的脸更红了，说："俺大让你一定去一趟。"既然她这样说，那就去一趟吧。我这时才有些认真地看了蔡琴一下，她个子高高的，皮肤很白，比较胖，发育得很好。

星期天，蔡琴早早地在学校大门口等我。我骑了学校的一辆公用的自行车，带上蔡琴，朝她家赶去。路过一个乡村小店的时候，蔡琴跳下了车子，我见状也忙下车。这时蔡琴对我说，你买点东西吧。买东西？买什么东西？我有些莫名其妙。蔡琴笑笑，说："烟啊酒啊什么的，反正不兴空着手的。"我虽然心中有些不悦，但尽量掩饰着不让蔡琴看出来，毕竟我是她的老师啊。我随着蔡琴进了小店。店主一看我和蔡琴进去，连问也不问，自作主张地拿了两瓶林河大曲、两条黄金叶香烟给我，我只好乖乖地掏钱。当时，我们这里正流行喝"张宝林"，即张弓大曲、宝丰大曲、林河大曲。黄金叶烟是公社书记一级的干部才吸的，我当时吸的是两角钱一包的淮河烟。我那时一个月的工资才四十二块五毛，这下子花去了我月工资的三分之一。

午饭极其隆重，鸡鸭鱼肉全上。除蔡琴的爸爸之外，还有蔡琴的大伯和舅舅，还有生产队的队长、会计。蔡琴红着脸跑前跑后，脸上洋溢着幸福的红晕。

回到学校，我把这事跟家在本地的一位老师说了。老兄当胸给我一拳头，说："你小子，走了桃花运了！"原来，蔡琴家如此接待我，是把我当成她家的女婿了。我说："不会吧？"老兄说："怎么不会？你把人家的黄花大闺女都搂了，你不当女婿谁当！"

我这才认识到问题的严重，但是事情已经晚了。按照当地风俗，我等于已经和蔡琴订过婚了。两年以后，我和蔡琴正式办理了结婚手续。

补记：

前不久,我应邀参加了一个侄子辈的婚礼。新郎知道我是个文化人,非要我讲几句。我却之不恭,就讲了上面的故事。谁知道,效果出奇地好,赢得一阵热烈的掌声。不仅如此,新郎新娘还一起跑上来,一边一个,搂着我的脖子亲。新郎说,叔,我真羡慕你!新娘说,叔,你太可爱了,我爱你!

春 雨

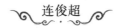

连俊超

霏霏春雨像是从几十年前飘来的。

刘老头儿瘸着腿,跟着送葬的队伍走出村庄时产生了这种玄妙的感觉。在他走过的这几十个春天里,灰蒙蒙的细雨曾将村庄笼罩,看不清远处,看不清走过和没有走过的道路。他怀疑自己是不是仍然走在多年前的一个春天,而眼下唢呐忧戚的鸣奏将他的怀疑撕得粉碎。

那一年,天色迷蒙、春雨斜织的时节,他看见大脚花跟着刘柱走进了村庄。那时,刘柱脸上洋溢的喜气让他羡慕不已。可他是专给死人撒钱烧纸的,爹死之前就将他带上了送葬这条道。这种喜事他不能近前,只能远远地望着。

大脚花鲜红的盖头和婀娜的身段让他看到了混沌烟雨中闪亮的色彩。喜洋洋的唢呐声为那个春天谱写了欢快的曲调,一扫春雨时节的单调与阴沉。他记忆犹新。听人说,她叫花;在缠脚的年代,她的脚并不那么小巧。

此刻,这条被他们走过无数遍的土路上,行走着从几十年前走来的人们。当年吹唢呐的年轻小伙,如今已步履蹒跚,底气不足。唢呐凄哀的悲调像雨丝一样飘摇不定,甚至有些断断续续。刘老头儿走上前去,拍拍吹大唢呐老头儿,说:"老哥,对不住了。"

老头儿咽了一口唾沫,说:"哪儿的话?大脚花是我们接来的,我们得好

好把她送走。我也老了,嘴巴漏风,吹不好了,对不住她啊!"哀婉的曲调又在雨雾中环绕起来。

刘老头儿从竹筐里拿出一叠纸撒到空中,自言自语道:"花,委屈你了,收住吧!等好天我再给你烧。"几十年来,刘老头儿第一次在雨天送葬。精心剪裁的烧纸被雨水打湿,飘落在同样潮湿的土地上。

大脚花走进村庄的那天夜里,刘柱就被穿军装的人开着卡车拉走了。她连他的样子都没有看到。然而,她在刘柱家留下了,没有回到山岗那边自己的村子。在那里,她的身体曾经像这片忍辱的大地一样遭到日寇的践踏。她坐在山岗上,远远地看一眼自己的家院,又回头看着自己将生活一辈子的村庄。可那个男人走了,或许再不会回来了,这个村庄里她无亲无故。她不知道自己究竟属于哪里,该去往哪里?

那时,刘老头儿将羊群赶到山岗上,微笑着,抽着烟,心满意足地眺望着那个俊俏的女人。

"歇会吧!"刘老头儿对抬棺的汉子们说。

唢呐声戛然而止。人们坐在一起,并不在意这细密的雨丝。

"花,一会儿就到了,大家得歇会儿。"刘老头儿把手按在棺板上。

"大脚花来的那年,我吹唢呐一个顶仨。现在不行了,连个长点的调子都吹不出来了。"

"她这辈子够苦的,嫁给了刘柱,连面也没见着。"

刘老头儿闷声不语。

大脚花在山岗上守望了十多年后,在山半腰立了一座坟。她走到刘老头儿面前,说请他为刘柱送葬。坟头堆起的时候,刘老头儿将烧纸撒遍了山岗。那天,刘老头儿发现,自己一直远望的女人已不像刚进村子时那般俊美,他感到自己被莫名的痛苦浸透了。

刘老头儿听着人们说话,向不远处的山岗望去一眼。隐约可见那座刘柱的坟头。那个从走进村庄就少言寡语的大脚花曾多少次在坟边一坐就是一天,不知道她在守候什么,等待什么。刘老头儿赶着羊群,远远看着她,愣

神片刻,突然给自己一巴掌,骂道:"你×××是个瘸子,除了放羊、给死人烧纸还会啥! 你不配!"

后来,刘老头儿走到大脚花身边的时候,她的脸上已经被岁月刻画了太多的沧桑。几十年,她简单的生活只靠做绣花鞋维持着,那是令村里其他女人赞叹不已的巧工。与大脚花对视的一刹那,刘老头儿猛然发现,自己已经不知不觉地看了她几十年。多少年就在他眼皮子底下溜走了。

他感到不知所措,嘴唇像被捏住了似的说不出话。他们就那样对视着,野风奔走。

"刘柱到底回来没有?"

"那里不是刘柱的坟吗? 大脚花活着的时候成天守在那儿。"

后来,刘老头儿鼓起勇气对大脚花说:"老嫂子,你就坐在这个土岗上过了一辈子。你也看见我了吧,我放羊的时候成天看着你,看了几十年。"

大脚花盯着他凝视了片刻,说:"我知道。我也看了几十年,却啥也没看见。我娘说,生我的时候天下着清明雨,一连几天。我跟着他来的时候,还是雨天。人家说我这辈子就没有根儿,我临老连个送我的人都没有。"

"一眨眼几十年没有了,我也一个人活了一辈子。你守着这个土堆图个啥?"刘老头儿狠狠地干咽了一口。

"守着它我心里踏实点。"

两声叹息,一阵无语。

"走吧。"抬棺的人喊。

刘老头儿站起身,说:"走吧,还得把坟刨开呢。"他答应过大脚花,要把她葬在那座早已筑好的坟里。他猛然想到,当自己老去时,有谁为自己点燃一把烧纸。

唢呐声又在在雨雾里飘荡起来。吹唢呐的人似乎鼓足了气,吹得格外凄婉悠长。细密的斜雨不紧不慢地洗刷着悲声。刘老头儿的瘸腿踏着哀戚的节奏,向山岗走去,走向那座山半腰的孤坟、空坟。

恋曲 1990

连俊超

后来,那个熟悉的村庄站在了我面前,我立刻感到双腿像水中的土墙一样,随时都会垮掉。

那些年,我像一粒在风中飘了多年的沙子。许多地方我路过无数次,有些地方我根本没有去过。我随便找一个方向,找一条路,走下去,直到黑夜送来疲惫。太阳再次升起时,一条崭新的道路也起伏在我的眼前。

然而我知道,自己的壮年已经逝去,向我走来的,只是士气高涨的衰老。

我远远地看见村外的土岗上坐着一个老太婆。她像是坐在天地相接的地方,四方的云彩环绕着她。

"你不再是一片云彩了?"她坐在山岗上朝我喊。

她的声音让我想起了一个美丽的姑娘,尽管那声音已被岁月无情地篡改。

当我厌倦了大半生的跋涉之后,还是回到了这个村庄——一直有人守望我的村庄。

那个冬天的傍晚,我将玉秋手织的雪白围巾系在那棵刻着我们名字的大树上时,就已经决定在村庄外流浪一生。我的心已经被村外无边的荒野所覆盖,不可能再被谁开垦。

玉秋离开后走向远处了。我记着村人的这句话。我仿佛听到荒野上她的呼唤,呼唤我。我离开那棵老树,奔向大片的野地。我喊着她的名字,声音被野风吞噬。

我走到那个老太婆的身边。在那个下午的患相思病一样无精打采的阳光中,她满脸的皱纹向我演绎了时间在她脸上扎根的几十年光景。

你第一次离开时,我就认定你还会回来的。

你整天对我说,自己是飘浮在村庄上的一片云彩、一团烟雾,早晚都要被风吹散,吹到荒野上。你说你是不安分的人,不可能在这个村子安定一生。那时,你已经断了一条腿,我不相信你会离开村子,拖着断腿在外边流浪。你走之后,我才想起,我连你来自哪里,将要去哪里都一概不知。

你离开的第二天,我就来到岗上往远处看,我希望能看见你的影子。可我从二十岁开始,一直盼了五年,才看见你一瘸一拐地往这边走来。我当时就坐在这里哭了。你还记得吗?你说你老远就听到我的哭声了。我希望你能在村里住下去,一直到老。我们播种收割,像村里人家一样。可那时,我才知道,你在外流浪是有缘由的。你说你经常听到她在荒野上呼唤你的声音。我听村里人说,你晚上还跑到村头喊她的名字。

你说,如果你没有见过她,你肯定会陪我住在这个村子,永远不会离开。可我没有对你说过,如果没有你,我早已经安安生生地过日子了。那时,我不相信你会把一辈子都搭在寻找一个已经死去的女人身上,可现在我把一辈子都搭在等你这个永远游荡的人身上,我相信了。

那天,我见你瘸着腿走远,我自个儿站在这里哭。我那时恨起了自己。我太不争气,竟然在心里装了一个永远不会在一起的人。和我一样大的女孩子都已经成家了。我觉得自己天生就是贱命,嫁给傻子都不冤。我开始怨你、恨自己,我想法作践自己,我盼着你回来,我要你看看我是怎么过的。

我跟刘三过了五年。你不知道我怎么熬过了那五年。我常说那几年就是一个大泥坑,我再也爬不出来了。我一个人坐在这儿哭。我哭我自己。我想你要看到我那几年的日子,你就会留下来。我在跟你赌咒,我也在跟自己赌咒。我惩罚你,也惩罚了我自己。可惜那几年你一直都没有回来,不知

道你到哪儿转悠去了。刘三整天瞎混,混酒混赌混女人。他知道了我心里有一个整年不出现的人,喝醉酒就把我和孩子都赶到村外。我站在村头往远处看,却只看见黑洞洞的一片。

那天,他跑到外村喝酒,回来时遇到了暴风雪,谁也不知道他被刮到哪儿了。

我自己带着孩子,一步步地走了这么些年。现在,孩子也成家了。我还是习惯坐在这里往天边看,说不定你什么时候就回来了。我对自己说,要永远坐在这里等你。可我到现在才看见你。

她的目光停留在一片灰色的云彩上。

你走了这么多年,找到玉秋了没有?

那几年,我确实听到她在风中唤我,后来她的声音逐渐减弱,隐约着直到消失。我已经停不下自己的脚步,只能没完没了地走下去。

我坐在这里等你一辈子了。现在我满脸都是皱纹,我都忘了自己年轻时长什么样了。我看得出来,你的脸也皱得像老树皮了。

或许我就是一棵老树。我走了一辈子,永远没有根。我望着远处苍茫的荒路。

你要是还继续走下去,我也不会拦你。我知道玉秋不会从你心里走掉,我也不指望能走进去了。

我盯着时间在她脸上扎下的庞大根系,不知该说什么。我腰板酸痛,试着站起身。可刚伸直腿,就实实在在地摔倒了。我感到一阵剧烈的酸痛爬上了我的鼻梁。

立　春

非　鱼

没人告诉立春爱情是什么，一切都是靠自己悟。

立春八岁上学，鼻涕把袖口抹得明光发亮，硬光光能敲出声来。立春妈说："春啊，你吃鼻涕了，瞧你的鼻子根儿跟粪堆似的，你拿把铁锨打扫干净。"

立春不喜欢她妈，觉得她妈偏心眼，说她妈心都长脊背上了。

因为不喜欢她妈，立春也不喜欢她妈所喜欢的，比如上学，比如纳鞋底，比如缠线纺花。

立春上学晚了一年，比别人高出半头，总在放学的队伍后面晃晃当当，加上瘦，就像深秋的玉米秆儿，萧萧瑟瑟的。

立春上学还是很积极的，她的积极只限于时间上的早。天不亮，顶着月亮翻道沟，爬老师窗户上够着教室钥匙，然后把门打开，她的任务就完成了。开始上课，她就打瞌睡，勉强不瞌睡，她也不明白老师在讲啥，她压根就没打算好好学习。

上了两个一年级，两个二年级后，立春就把三年级买下了，直到她离开学校，她还是小学三年级学历。

立春不笨，她只是跟她妈怄气，才不喜欢学习的。立春把智慧都用在跳绳、抓石子上，她把这些玩得出神入化，整个村出了名。她妈看着吸溜着鼻

涕的立春在绳子上蹦来蹦去,就骂她:"春啊,你旁的本事没学会,整天就知道疯。"绳跳到两边的人举过头顶,立春也不看她妈一眼,嘴里念叨着"马兰开花二十一",翘起长腿继续够绳子,她妈拿白眼狠狠剜一眼,扭身走了。

学上不下去了,用立春妈的话说:快把三年级教室坐塌了。立春很愉快地从学校搬回凳子,连同书包朝墙角一扔,彻底解放了。那年,她整十四岁。

不上学的日子充满了阳光,立春的聪明才智在这个时候更是发挥得淋漓尽致。她先跟人学接苹果树,把苗圃里的树苗换上接头,她一手拿切刀,一手拿塑料纸条,一切一放接着一缠,整个过程一点也不拖泥带水。不接树苗的时候,她就去砖瓦厂拉砖坯,两条细腿比谁跑得都快,拉着架子车,像风一样刮过来刮过去。

就在风一样的日子里,立春长大了,鼻涕自然是没有了,漂亮了。

那年,镇上来了几个广州的客商,嘴里呜啦着鸟语,长头发、花衬衫,把来往姑娘们的眼都晃晕了。

立春和她爹拉了一架子车苹果去卖。一个长头发正坐在街边抽烟,他身旁一个牌子上写:收苹果,三毛。立春把架子车拉过去,那人揭开盖在苹果上的麦秸看了看,又看了看立春,说:"三毛五。"

立春一听高兴得不得了,急忙和她爹朝筐子里卸苹果,那人看看立春说:"帮我收苹果吧,一天给你五毛钱。"

立春还没迷瞪过来,她爹先答应了:"行啊,行啊。"

长头发说:"明天就来。"

立春爹说:"行啊,行啊。"

第二天,立春就开始帮长头发收苹果,每天守着那块地方,还有那块牌子,一个磅秤。立春觉得坐在这里每天挣五毛钱比在家舒服多了,嘴里也开始哼着街上大喇叭里放的歌曲,有事没事拿个小镜子照来照去。

冬天到来时,收苹果的客商要回南方了,立春也跟着不见了。

村里人说:"肯定是跟那些南方的鸟人跑了。"

立春妈坐在家里哭红了两只眼睛,好久不敢出门,怕邻居笑话。嘴里恶狠狠骂着立春:"死女子死到外边都别回来!"

时间长了,大概有两年多吧,人们慢慢把立春忘了,立春妈也开始在人前说说笑笑的时候,立春却突然回来了,怀里还抱着一个孩子,男孩,七八个月大。

立春妈拿起门后的笤帚就打:"死女子,你死到外边还回来干啥?不知道丢人值几个钱。"

立春不还嘴,也不还手,一声不吭把身上背的包放下,把怀里的孩子安置在床上,回头朝院门口喊:"进来吧。"

门里进来一个小伙子,长得齐齐整整,站在院中间,不说话。

立春过去拉着小伙子的胳膊:"妈,这是小文。"

小文看看立春妈,犹豫了一下,还是叫了一声:"妈。"

立春妈鼻子里哼一声,扔了手里的笤帚,嘴里崩出俩字:"进屋。"

生米煮成了熟饭,立春妈再不乐意也得接受,孩子都那么大了,她再气能把孩子气回去?立春看她妈不生气了,笑嘻嘻地说:"妈,我们俩是真心相爱。"

立春妈戳她一指头:"爱个屁。"

那个小文既不是广州人,也不是当地人,老家居然是山东的,也不知道立春是怎么爱上他的。

乡村爱情·谁来为我做嫁衣

窑　事

非　鱼

日头很暖,晒得人懒洋洋的。羊在沟里吃草,像一朵一朵的白云伏在绿色的天空上,慢吞吞地飘动着。

七爷坐在山坡上眯着眼睛晒暖儿,身后是那孔新打的窑。

窑门用砖封上了,七爷看看窑门说:"早晚我得进去。"

七爷说:"五十年前,我去赵家塬接你,牵一头毛驴子。一进院门,你爹就骂我,嫌我没牵高头大马来,要我回去。我就不回去,坐你家门墩上坐到快晌午。你娘急了,说赶紧叫人家把人接走,再不接走闺女名声就毁了。你穿着粉红缎子棉袄、绿缎子棉裤,俺牵着驴,一路上就看见你那俩水红水红的脚丫子晃来晃去。过玉米地的时候,我真想把盖头给你掀了,可我还是忍住了。"

羊在沟里继续伏着飘着,七爷晒着太阳就犯起了迷糊。

七爷说:"1960年低标准的时候,你生缸子,一家大小饿得嗷嗷叫,玉米芯子都磨着吃了。我看你腿肿得老粗,晚上就去生产队地里偷萝卜,叫队长抓住了,萝卜给收了,还白天晚上批斗。可咱缸子生下来咋还那么结实呢?"

坡上野石榴花开得火红火红,七爷顺手掐一朵,放在窑门口,他又一屁股坐在地上,看看窑门说:"咱家挖窑那年你怀着瓦罐,你非要自家挖座地坑院,还要转圈窑,一筐一筐土朝外担,四丈深的院子没把我累死。你要在自己挖的窑里生瓦罐，七眼大窑啊，谁看了谁不眼气。"

七爷把窑门口的草仔细拔干净，又把封窑门的砖下面的浮土踩踩。

风有点硬了，坡上的风割脸，七爷把身上的棉袄朝怀里裹裹，他像往常一样，一屁股坐在枯黄的草上，草呻唤一声，折了。

七爷说："天冷了啊，缸子媳妇做的棉袄穿着八下里进风。你一辈子给东家做衣服、帮西家纳鞋底，你到底没把你缸子媳妇教成，做的活儿老差劲了，唉——还有啊，那瓦罐的媳妇连个煎饼都不会摊，摊得跟烙馍一样，能有半寸厚，吃到嘴里没味啊。那年正月，我上山拾柴火，你鸡叫头遍就起来给我摊煎饼。你摊一个我吃一个，一大盆面糊摊完了，我也吃光了。你摊的那煎饼薄得跟窗户纸一样，香啊，到山上还顶饥。下雨了吃不上煎饼要急死人啊。"

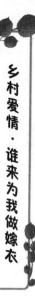

风转过年又暖了，羊群又开始在河里的绿草上游荡。七爷挂着一根溜光的木棍，在窑门前看看，拿棍戳戳封窑的砖头说："等着，我马上就来了。"

七爷放下棍子，慢慢扶着地坐在窑前，他在窑前坐的时间越来越长，话也越来越多，却找不出个眉眼头绪，东一句，西一句的。

七爷说："那年我上山割蒿，蒿捆子里钻条蛇，你还记得不？你到场院去晒草，一打开蒿捆子，你看见扁担长的青花蛇'哧溜'从脚底下过去，吓得抓天叫地，老往我背后躲，再也不进晒蒿场了。那时候还没小霞哩。"七爷说着，脸上的皱纹朝一起挤了挤。他在笑呢。

七爷说："缸子家的老大考上大学了，我跟你说，你听见没啊，要听见了你哎一声，一辈子我就稀罕听见你哎。对了，你不会哎了，那你等着，等我进去了你再哎啊。"

晒着太阳的七爷在山坡上睡着了，他慢慢地把身子朝后一仰，人就斜在山坡上。他睡得很熟很熟，几只蚂蚁钻进他衣服袖子里他都不知道。七爷做着梦，梦里穿水红绣花鞋的女人在向他招手，她说："一辈子都是你走前头，我跟在你后头，就这一回我没听你的，你咋就撵来了？"

七爷说："就这一回你咋不听我的啊，走在后头的味不好受。我撵你来了，撵上你，我还要走前头。"

027

　　七爷睡得很香很沉,缸子和瓦罐还有小霞哭得跟狼嚎一样,还是没把七爷叫醒,七爷在梦里说:"都掉啥泪珠子啊,我去看看你妈,她一个人在窑里等我两年了,我不能老让她等啊,窑里凉。"

　　女人睡在窑里,七爷睡在窑外。

秋 荷

郭凯冰

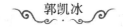

夜里十二点,秋荷歪歪斜斜回来,站到窗下的太阳能蓬蓬头下。月光穿过头顶的合欢树投下斑驳的青光。秋荷觉得冷,就把水调得热热的,也足足的,哗哗的水声掩住了她口里的呕吐和啜泣。后来,秋荷抹一把泪,拿了澡巾使劲搓。

洗完,秋荷走回客厅,瘫倒在沙发上。刚要放平身子,猛然一下爬起来,把身下的沙发垫子抽下来,扔到了院子里。又跑到卧室,一下拉开衣柜,把所有的衣服拽出来,摔进院子里的水盆中。

三天里,秋荷把家里的地板拖了十几遍,所有家具擦了十几遍,四季衣服洗了,床单被褥拆了洗了,都拿到院子里暴晒。最后还用四瓶"84"给家里消了毒。

昏睡两天两夜醒来,秋荷拿眼四下看看,一跺脚,出了家门,将对街一个院子租了住下来。

公婆又来了,对秋荷说:"秋荷啊,清河对不住你,我们替你好好收拾了他一顿!你看咱这清水镇,碰到这事,撕几把挠几下,还不是照常过日子?清河也在门口等着呢,你出出气,回家行不?"

爹和娘又来了:"闺女,你这啥脾气?你忘了,当年算命先生说,你命里缺水,就要嫁个有水的,清河就是你命里的人。俗话还说,不是冤家不聚头

呢,赶紧回去安安生生过日子吧,行不?"

秋荷啥也不说,公公就去门口领儿子。清河正把脑袋缩在裤裆里,蹲地上。公公一拉清河:"你个孬样!做下了这档子事让你爹娘给你收拾屎尿,丢人现眼!"清河红了脸跟着爹进门,没想到秋荷拿起手边一把水果刀迎过去:"你出去,你个脏东西!你不出去,要么你死,要么我死!"清河吓得掉头就跑。秋荷紧跟着脚找水盆,把清河走过的路一连泼了三遍。

镇上的年轻医生吴林早就说,秋荷有洁癖。

秋荷家屋子里,常年哪见过一只苍蝇哟。灰白的地板永远一尘不染,门口两米长的毯子,还擦不干净人的鞋底吗?有爱开玩笑的姑娘小伙子,拿来纸巾往秋荷家餐桌上擦几下,纸巾永远还是原来的颜色。

清水镇的爷们都好喝一口小酒,夏天忙了一天后,尤其喜欢坐在清河家旁边的烧烤摊喝。清河也是。有时候喝得高兴,清河就喝得有些大了。客人大都是镇上的,跟清河爷们儿哥们儿的乱说笑。

爷们儿,还喝?喝多了秋荷不让你上床。

"这熊娘们儿,就这毛病,穷干净。你说个丫鬟身子,用得着天天晚上洗?不洗脚都不上床,哪天我把她一脚踹下去,我上床,她睡地板!"

"哥呀,这香喷喷的嫂子,就靠你这清河水养着呢,你舍得?"一桌人哈哈笑,知道清河说的言不由衷,只是在人前撑撑面子罢了。

如果不是清河喝大了说出来,镇上人谁也不知道秋荷还有一个嗜好。清水镇临河,不缺水,镇四周荷塘多,就是那路边的排水沟,到了夏天,荷花也开得让坐车路过的眼花。秋荷洗澡就喜欢在水里泡上荷花荷叶。怪不得秋荷走过都留下一溜清清的香气,镇上人原都以为是脂粉香,没想到是这缘故。

自从那个夜晚,清河是搂不成香喷喷的秋荷了。他在路边店里搂了别的女人,还有啥资格搂有洁癖的秋荷呢。秋荷说,清河要想还睡到一张床上,就独自过三年。这三年要是找其他女子,那可别怪秋荷无情了。

秋荷从赵四店里运来了涂料,蒙上头巾刷墙皮。从王三店里运来了地板砖,和了水泥铺起来。单身的贺六看秋荷累得出冷汗,夺过刷子细细刷,抢过地板砖耐心铺。墙刷了三遍,地板砖铺上最后一块,天黑了,秋荷就留贺六吃晚饭。后来,贺六喝多了,灯跟着也灭了。

十几分钟后,一束手电筒灯光照进屋里,是派出所接到清河举报跳到了秋荷院子里。里屋,秋荷和衣搂着孩子。外屋,贺六歪歪斜斜倒在沙发上,鼾声如雷。

秋荷再也没回清河那里。清河说:"你不回来,钱你甭想要。"

秋荷说:"我要是想要,我就能要。可我不想要。你身子脏,心更脏,我嫌你腌臜。咱离婚!"

一年后,秋荷跟贺六结婚。婚后的贺六越来越干净,也越来越滋润。对街的清河,夜里开始用凉水哗哗洗,那水声大得整条街都听得到。洗完了,狠狠吼几声,震得头顶的合欢树叶子簌簌响。

鸳鸯被

郭凯冰

腊月二十，是个大太阳天。一早，两只鸟站在院当空一根光秃秃的树枝上，叽叽喳喳你唱我和，玉兰赶紧起床赶集。中午回来下一绺面条匆匆吃完，又开始忙。先把两床凉席拿出来，又去后邻二嫂家借了一床，铺在当院。她要做床鸳鸯被。

清水湾人的鸳鸯被不是有鸳鸯的被，而是双人被。不过，玉兰今天要做的双人棉被上，真真游着一对和和美美的鸳鸯。绣被面，是玉兰的拿手活儿，做姑娘时常有娶媳嫁女的人家请她绣，只是婚后这几年不顺心，很少接了。

太阳暖暖的，阳光洒满了整个院子。新棉絮已晒了几天，玉兰抱在怀里，将脸埋进去，心柔软得如一汪春水，开始想念男人团结。

团结跟着本村的建设打工。刚开始他们都下苦力，到底建设脑袋瓜灵光，拉着一帮人，承包个工程就发了。不过，发的只是包工头建设，团结呢，每年也就拿回三两万的辛苦钱。

你个死人，你看人家建设，脑子咋那么好使？

建设钱来得容易，往家里拿的票子就多起来。彩电换了，冰箱换了，太阳能家里也安了俩。建设的女人红袖跟玉兰要好，买化妆品总是买两份，一份自己用，一份给玉兰。送东西的没觉得啥，接东西的觉得脸面上挂不住。

团结回来,玉兰就不给他好脸色。团结腆着脸说:"媳妇儿,我看人家铁丝上都晒着鸳鸯被呢,咱也做床热乎热乎行不? 媳妇儿,我在外面一年,天天想你的藕馅饺子呢,包顿吃行不?"玉兰郎当着脸说:"你年底要拿回一巴掌,鸳鸯被随你睡,藕馅饺子随你吃!"

团结在外面受苦,就靠想家里的老婆孩子支撑。家里却是冰冰凉凉的,回家的心也不那么热了。尤其这两年,不到腊月二十五不回家。

一缕头发挡住了眼睛,玉兰抬手把头发别到耳后,对着树枝上那对鸟嗔一声:"去!"阳光明晃晃地刺眼,照得脸暖乎乎的。

院门吱扭一声,婆婆来家给孩子换洗弄脏的衣服。自从过门,玉兰还没叫过婆婆一声"娘"。结婚前要彩礼,两万倒是给了,可没买台冰箱,婆婆理由是团结弟弟明年也要结婚,手头紧。玉兰心里就疙疙瘩瘩的,结婚一个月,就撺掇着团结分了家。

清水湾除夕的饺子是不能独吃的,家家给老人送。分开过的第一年除夕,团结最爱吃的藕馅饺子端上桌,他端起一碗对玉兰说:"我给娘送一碗去。"玉兰正拿筷子,听这话一耷拉脸:"她自家有,用你去送?!"团结又说:"今年在娘那里请祖宗呢,不给娘,也要给祖宗一碗吧?"玉兰生气的说:"你家祖宗不吃你这一碗,就过不去年了? 不送!""啪,哗啦"玉兰哆嗦一下,吃惊地抬头看,一碗水饺已经被团结摔在了脚底下。"送不送?"团结涨红了脸,沉着嗓子问。"不送,就不送!"玉兰没被吓住,大声说。"啪,哗啦"又一碗。"送不送?"团结紧盯着她。玉兰有些怕,又想,这次要被吓住,以后团结还用这招,咬了牙大声说:"不送,就不送!"团结看看玉兰发白的脸,没摔下去。玉兰偷舒口气,端起碗吃饭。

玉兰照样不搭理婆婆,更不叫娘。说实在的,婚后的玉兰想挑婆婆毛病,还真是挑不出。不过,也拉不下脸和好。团结没法,省了烟酒钱,偷偷孝顺爹娘。

祖孙俩一边换衣服,一边乐呵呵说着话。玉兰张几次嘴,也没说出声,倒是后背出了层细汗。婆婆出来,对她说:"亮亮妈,你多去红袖家走几趟,

宽宽她的心。"以前她说话玉兰从不接茬,所以这次说完,也不等回答便背着孩子往院门走。

今年腊八,建设回来了,玉兰吃过晚饭去红袖家耍,想顺便问问团结今年收入咋样。

建设没在屋,红袖正哭呢。原来建设竟在城里买了楼房,笼进去一个小姑娘。

红袖哭一阵,说,玉兰,你看,这钱少了稀罕,多了也是个祸害。玉兰安慰红袖,但也只是安慰,她知道建设耳根子硬,除了他寡妇娘,谁的话也听不进去。

正说着话,红袖婆婆来了,说:"袖,你甭哭,建设这个遭天杀的要再胡闹,我就不认他这个儿子,跟你过!"玉兰出门的时候,红袖正趴在婆婆怀里哭。玉兰想,红袖这个全村的好儿媳妇,到底赢来个最管用的帮手。

夜里,玉兰翻来覆去睡不着。迷迷糊糊到天亮,给团结打个电话,又去了镇上买回一床纯色的淡黄色背面,接下来就天天坐在南窗下的床上绣被面。累了,顺势躺下歇一歇。玉兰喜欢大冬天床上铺满阳光,去年,团结打工回来,先去县城买了大玻璃,回家换了窗户。也奇怪,大半个冬天,玉兰每天早上也躺在阳光里,没觉出啥,这几天躺着,竟然浑身暖烘烘,想念起男人团结。

昨晚团结来电话,今晚上能到家。

"好。娘……你跟我抻一抻被面。"玉兰将被面反面上的丝线头一一剪断,低低叫一声。

婆婆背着孩子已经到了院门,听到玉兰的话,迟疑着停住脚步,脸冲着大门口,耳朵支棱着朝后使劲儿。

"娘,你帮我抻一抻被面。"玉兰抬起头,向着婆婆说。

婆婆慌乱点头,又急急应一声,走过来把孩子放下,帮玉兰抻被面。背面上那对鲜亮的鸳鸯晃了她的眼,她觉得眼睛湿湿的,赶紧用手抹一把。

被面抻平,婆婆说:"那,我跟亮亮去街上耍?这天真好!"

"去吧……今晚团结回来,你和爹来吃饭……我包藕馅的饺子。"

"哎,哎……"婆婆连声应着,抱着孩子,眼角喜得像绣上菊花儿。

玉兰抬头,擦一把额角细汗,看一眼那鸟,说:"这喜鹊叫的,真好听!"

1938 年的情事

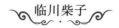
临川柴子

端水河边,秋风习习。

"你会等我吗?"男孩问女孩。

女孩点头。

"三年?"

女孩又点头。

"三年我若未回来,你就嫁他人吧。"男孩说。

"你不回来,我等,或者,跳入端水河。"女孩说。

男孩只对她笑了笑,甚至没敢握住她的手,就像风一样消失在她的视线里。而她,只记住了他那秋阳般灿烂的笑容,寂寞的时候,在心里翻阅,品味着那无声的承诺。

女孩叫小芹,这个很江南的名字,也只有她在他心灵濒临干涸的时候像流水一样悄悄润湿他的心田。

而男孩,命中注定要当我的爷爷。

多年后,当我能清晰地勾描那幅晚秋别景图时,却怎么也无法将那样浪漫的画面和这张布满风霜的老脸融合在一起,而爷爷,总是用他那只结实粗糙的大手抚摸着我的小脑袋,在星光满天的夏夜、在飞雪飘扬的寒冬一遍遍诉说,苍凉的声音和我鲜亮的童年相互交织渗透,我却仰着茫然的小脑袋望着他。

突然有一天，我强烈地渴望再听听那故事。讲故事的人已经不在，我只能凭借支离破碎的回忆，努力地拼凑出一篇完整的章节。

三年后，爷爷没有回来。

又是二年，二十四岁的爷爷终于回乡，虽然没有衣锦荣归，但爷爷的脸上却写满了骄傲，因为他的身后多了一个女子。

她就是我奶奶。

奶奶是东家的女儿，自爷爷第一次进她家干活儿时就看上了他，三五年的时光厮磨中，奶奶的执着终于有了结果。所以，当她心爱的男孩辞工返乡时，她毫不犹豫地抛弃了她的小姐身份，死心塌地地跟了来。

返乡的爷爷给平静的村庄带来了波澜，在沸沸扬扬的议论中，爷爷惊闻小芹还没有出阁。

那年月，一个二十出头的女子还没出阁，意味着很难嫁出去，是家门不幸，而小芹不出嫁的原因也只有一个，这原因只有爷爷知道。

此时的爷爷和奶奶虽然没成大礼，却已经有了夫妻之实，他又能如何呢？

隔着一道低矮的院门，爷爷见到了小芹，爷爷什么也没有说，小芹也没说，俩人用目光对话，小芹一直保持着无声的笑容，那笑容像刀子一样深深地扎进了爷爷的心里。

婚礼这天，小芹突然出现，披发解衣，在婚礼上放声大哭，她用哭声来控诉一个背弃她的负心汉子。同族的几个男人气势汹汹地将她拉了出去，唢呐依旧欢天喜地地吹奏。奶奶不解地问爷爷："她是谁？""一个疯子。"爷爷漠然地说，背转身，两行泪已挂在脸上。他心里从此落下了一块沉重的铅。

小芹没有跳河，一顶小轿悄悄将她抬出了村庄。

爷爷变卖了奶奶带来的细软，在端水河岸开了一间油榨房。榨油是辛苦的，除了要有必要的技术，还要走村串巷收集原料。秋后，爷爷开始和族人一起收菜油籽，早出晚归，有时回不来了，就宿在友人家里，爷爷交友

广阔。

后来，爷爷和一个残腿汉子相熟，因为他送来的油籽总是最多。一天天色已晚，应残腿汉子热情相邀，爷爷宿在他家。

席间，残腿汉子和爷爷谈笑风生，而后堂的一个女人的背影始终在忙碌着。爷爷想起那什么也做不好的奶奶，爷爷心生感慨："兄弟，你好福气呀！"

"福气什么呀，一个没人要的贱货，我也只能娶得这种女人了。"残腿汉子叹息着。

饭后，汉子吩咐女人给爷爷打来洗脚水，在目光交接的瞬间，俩人都呆了，一盆滚热的水跌落在地，然后鲜花般地四溢开来。

此后，爷爷再也没有去过那个村庄。

有一年，冬天似乎比任何一个冬天都冷，爷爷喝完暖酒回来，在村里意外地看到了残腿汉子，他身后八个壮实的汉子抬着一具棺木。村里的几个年轻男人齐声发喊，欲将残腿汉子和那具棺木轰出村外。嫁出去的女儿泼出去的水，女人是没有资格安葬故乡的。

"不是我不懂规矩，这是她一生对我唯一的一次请求，我不能不从啊。"残腿汉子流着泪，望着爷爷苦苦央求。

"罢了，人死为大，入土为安。"爷爷在族人中说话有绝对的权威，他一声铿锵的话语过后，小芹的幽魂破例葬在了故乡。

清明，我回到了阔别多年的故乡，爷爷的坟头已长满了青草，而不远处有座遥遥相对的孤坟，那是小芹。我在两座坟前默立良久，分别摆上鲜花，然后，无言离去。

两座孤孤的坟，依然隔得很远。

桑 事

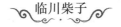
临川柴子

　　赣抚平原的人家院子里一般不栽桑树，因为"桑"与"丧"同音，所以桑树都栽在屋后的坡地上，东一片西一片的。桑葚成熟的时候，紫汪汪的，但半青半红的时候，就会吸引着半拉野小子爬上窜下。小翠也会来到树下，她对桑葚没有兴趣，只要桑叶。她养蚕，可是她不会爬树，只有问树上采桑葚的野小子们要。

　　可是，今天树上静悄悄的，也不知那些野小子们野到哪里去了，大概是桑葚吃厌了吧。小翠惦记着家里的蚕宝宝，过了二眠的蚕了，正是疯吃桑叶的时候，每天采的桑叶都不够吃呢。小翠望了望下着小雨的天空，又望了望桑树，突然想试一试。

　　小翠不知自己是如何爬到树上的，她感觉身体轻飘飘的，树枝轻颤颤的，原来爬树的感觉真好。小翠心情愉悦地采摘起桑叶来，当她觉得差不多的时候想下树，看见自己离地有丈许之遥，而且树干也被雨滋润得光滑如油，小翠感觉腿有些软，她竟然下不来了。

　　这是村外的一小片桑树林，没有谁会从这里经过，只有前面有一条乡间小路，那是通往小李庄的。小翠在桑树上看到乡间路上远远地有一个人，急忙高声喊，声音透过春雨传递了出去，小翠看到那个人迟疑了一下，接着停下了脚步，然后掉转头，朝桑树林这边来了。

是一个十八九岁的少年,背着一个大书包。他问小翠怎么了,小翠说她下不来了。少年急忙爬上树去,可也不知如何帮她,就和她对话。

"家里养了不少蚕吧?"

"是的。"

"睡过几眠了?"

"二眠过去几天了。"

"那正是吃桑叶的时候呢。"

"是啊,每天采几布袋,都不够吃呢。"

"那是,蚕宝宝等着吃呢,我们快下树吧。"

少年说着先滑下树,小翠仿着他的样子接着也滑下来,一切都在不知不觉中,小翠看了看少年,少年穿一件蓝白相间的衣服,头发柔软地贴着,被雨淋得通透。小翠觉得不好意思,少年却说没什么,小翠说:"你也淋湿了,快回家吧。"说完便跑远了。

小翠回到家,没把这事和奶奶说。家里就她和奶奶两个人,父母都外出打工了,所以小翠养蚕,完全是为了解闷。她还有一个很幼稚的心愿,想给自己织件嫁衣。

小翠以后就经常去那片桑树林,朝乡间路上张望。可是,路上总是空无一人。小翠心里有些失落,十六岁的女孩心思无人知晓,就像藏在厚厚的蚕茧里,被包裹得严严密密。

蚕结茧了,黄的白的铺满了竹匾,小翠就和奶奶一起剿蚕丝。将蚕茧倒进锅里,水烧热,用竹筷不停地翻动,拿一个笤帚一点点地沾蚕丝,如此反复地抽丝剥茧,最后就看见胖嘟嘟的蚕蛹了,用盐水煮了,是上等的美味呢。小翠把煮好的蚕蛹散给贪吃的野小子们,却又暗暗地留下许多,用花手帕包着,放在竹篮子里,装着去村后打猪草,每天在通往小李庄的小路上张望着,期望能看见那个少年。但直到蚕蛹都有些馊霉了,她也没有等到少年,小翠有些委屈,有些伤心。

又一年桑叶绿,小翠没有再养蚕,却有媒人来提亲了,说男孩是小李庄的。小翠听到小李庄时心里剧烈地跳了一下,她跟着媒人来到小李庄,只瞟了男孩一眼就低下头。但只是一瞟,小翠的心已跳到嗓子眼了:原来这男孩就是和她一起爬过树的少年! 她看到男孩的眼里也闪过一片亮光。

入冬时小翠就做了一个幸福的新娘。新婚之夜,小翠激动地搂着丈夫的脖子,给他讲她煮盐水蚕蛹且一次次地等候他的故事。可是,丈夫却听得一头雾水。小翠就让他和自己一起回忆他帮自己下树的经过。丈夫恍然大悟地说:"你说的是我哥吧,我听他说过这事。"

"你哥?"小翠心里一沉。

"我哥,有一天他淋得一身通透,他说是因为一个女孩,女孩上了树去却不敢下树,他就和她一起在树上采桑叶拉家常。"

"你哥呢?"

"上大学去了,本来我也能考上的,可是家里供不起。他算是换命啦。"丈夫感觉小翠身子一哆嗦,以为她冷,将她抱紧了,小翠却无声地转过头。

小李庄有养蚕的习惯,家家户户都养,村前村后都是桑树林。小翠这个养蚕能手却一反常道,走上了打工的路途。春节回家时,哥哥也带着嫂子一起归来,一家人团聚时哥哥突然讲起了小翠在树上吓得不敢下来的笑话。嫂子笑得前仰后合,哥问小翠还记得吗,小翠苦苦一笑说她早忘了。

小翠在打工的第三年出了意外。被运回家时,正是家乡桑叶浓绿的时候。遗体经过那片桑树林时,白布突然轻轻地颤动起来,众人吃惊,却见从中爬出一只翠绿的蝴蝶,孤单地飞着,飞进桑树林中,眨眼不见了。

钉 子

宋以柱

到中午饭的时间了，爹那边已经来催了两次了。

老大还蹲在梳妆凳前，专心侍弄。老大做的梳妆凳很讲究，样式很多，圆的、方的、直角的，他做得最多的一款是圆平面、裙腿，而且是不留缝隙，就像是一面细长的鼓，有很好的曲线，像极了美女腰以下的部位，而且穿了显臀束腿的裙子。女人坐在上面化妆，从后面看，恰好是一幅美人图。这是老大的得意之作，他因此也声名大振，做出来的梳妆台供不应求。老大就扔了田地，专做家具。当然还有别的，衣橱、书橱、沙发、床架，偌大一个院子，满是已经解好的木料，未成形的家具，还有长久的、飘浮在空中的油漆味。

老父亲退休时，让老二接了班。老大自己拜师学了木匠。

老大心里老大的不平衡，一直别扭着。老二结婚时，也让老大给老二打家具。老大在打那款他很得意的梳妆凳时，想起了老二媳妇干净的、圆滚滚的屁股，就想如果是自己接班，自己的媳妇也是干干净净、清清爽爽的，而不是尘灰满面、手老皮粗的。

想到这个，老大上身下身一鼓一鼓的。老大做的梳妆台虽然样式各样，有一点不变的是，都不是平面的，略有两个凹，中间是略高的一个弧线，刚好把一个女人的屁股放进去，这是老大的创意。现在老大不去想什么创意了，他眼前满是老二媳妇端坐梳妆台前，黑发飘飘、秀背圆臀的样子。老大就拿起一个长钉子，照准圆凳的中心，"当当当"砸了下去。

一边砸一边咬牙，本来该我接班，干净漂亮媳妇本来是我的。

这倒是真的。但是老头退下来时，想到了另一层，老大老实木讷，不善交往，老二嘴皮薄，乖巧，招人疼，到单位上能干出点名堂也不一定。就想了一个主意，以老大识字少为由，让老二顶替老大到县里的厂子上班了。

这也是老大一直不愿意去爹那边吃饭的原因。尽管今天是爹的生日。

老二没有赶回来。老二媳妇和侄女先回来了。老二媳妇还是那么光鲜，圆滚滚的身子，一点也不臃肿，耐看。嘻嘻哈哈地说老二当个破工人，就知道整天加班。说这话的时候，可以看出来，老二媳妇还是满足的。

其实，城里的老二心里更明白。在乡下，老头子退休，让老二接班是大忌，搞不好一家人反目成仇。既然爹定下了，自己也如愿到了城里，就只有努力地工作，争取在城里混出个样子，多关心一下老爹老娘，尽量补贴一下大哥家读书的侄子侄女。老二更明白，乡下的孩子在城里没有根基，就像村前小河上的浮萍，小风小浪都能让自己挪地方。因此，接班后的那些年里，老二几乎成了一个哑巴，让干啥干啥，即使给老工人欺负，也不还手，整日闷着头干活儿。老二的师傅逢人就夸自己的徒弟，干了二十年了，唯有这个徒弟像那么回事，真是个干活儿学本事的材料，因此就格外地多看老二一眼。遇到高兴事，或者是奖金多了，或者是给车间主任夸了一句，就叫上老二回家喝一杯辣酒。师徒俩在下棋、吹牛的工夫，师傅的女儿叫作林红的，麻利地炒上三两个青菜，到巷子口吴记烤鸡店，买来一只整的，拿手撕碎了，装满满一盘。酒烫热了，碗筷摆齐整了，才脆脆地喊师徒俩过来坐下。

林红是师傅的一个愁肠，高中毕业没工作，不想风里来雨里去地摆摊，就一直搁家里洗刷做饭。师傅的老伴儿入土好几年了，老头也疼小闺女，就不逼她出去受累。

师徒喝酒不拉手艺，拉家常，说老一辈子的苦事，说现在的日子，那话和酒一样醇厚，滋味足，常常说得三个人都很激动。师傅喝高了的时候，还说："老二啊，别死干，光盯着呜呜叫的机器轮子没用，有机会就不要愁说话，不

要愁着见人,别疼那几个钱。"酒喝了不少次数,话说了不下十遍二十遍,老二还和往常一样,闷着头干活儿。

时间长了,老二去师傅家很勤,帮着干点儿力气活儿,老头和闺女干不动的,他看到了就去干。出出入入的,就像这家的一个儿子。都知道老二是老头儿中意的一个徒弟,没感觉到不对头的地方。左邻右里见了面,也自自然然地招呼一声,像是多年的一个邻居一样。邻居都知道老二结婚了,就把他当作这家的儿子。林红对老二也很上心,端水、递毛巾、洗衣物,很是那么回事,就像一家人。老师傅整日乐呵呵的,撅着胡子上班逛街,少了很多愁肠。

老大闷不作声把酒杯举起来的时候,爹屋里八仙桌上的电话响了。弟妹手快,拿起来听了几句,嘴边咬着半块鸡肉,瘫在了桌子旁。老大和老二媳妇、老二闺女赶回老二家的时候,老二已经被一张白布盖住了头脚。一张美人凳安静地待在老二身边。警察说,老二是被美人凳里边的一根钉子钉死的,凳子套在他的头上。凶手是他的师傅。

师傅戴着手铐说,老二是个畜生。师傅是在老二家里电话报案自首的,现场没有见到林红。

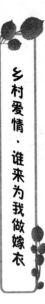

麦　青

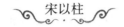

宋以柱

麦青在"散客来"快餐店干服务员已经两年了。

客人少的时候，麦青就靠在厨房的门框上，两眼空空地看着窗外闪过的人流，靠窗一张茶几上的一株君子兰，以及阳光散落在地面上的碎影。

十九岁的麦青还略显单薄，但她知道来吃饭的男人都偷着看她。麦青知道他们没有恶意。看到穿着得体的女士优雅地放下包，或者一两位戴眼镜的男士，从容地喊她拿菜单，她的心里就有了一丝惆怅，却认真地去做了。也有几位客人在喝到八分醉的时候，试图抓住麦青的手，却抓个空，只好嘴里不住地说："小姑娘，你怎么这么漂亮呢？"麦青就哼哼哼地笑。往厨房走的时候，麦青就在心里打自己的嘴巴，为什么没有好好地把高中读完呢？麦青不知道自己还要干多长时间。

这条街上很多人喜欢到"散客来"，就是因为有麦青。坐机关的、做生意的、打散工的，穿衣、言谈各有不同。来的都是客，麦青一样地招待。人人各有苦衷，麦青从来都是一脸生动的笑容。可她讨厌一个人。

那其实是一个很帅气的小伙子。第一次来的时候，麦青就狠狠地瞪了他两眼，因为他喊她喊得很嚣张。

"服务员，上茶。一碗牛肉面，两个小饼。"小伙子喊着，拿袖子擦汗。麦青就烦了。"比有钱人还牛气，一个送水工，哼！"

被他喊烦了，麦青就想治治他。后来有一次，麦青在他喊"服务员"之前，就跑到他跟前。

"把你的身份证拿出来。"麦青离他一米，伸出细长的五指。小伙子看着那只白嫩的手掌，彻底傻掉了，拿眼睛直愣愣地看她。麦青不依不饶地伸着手，直到小伙子犹犹豫豫地把身份证放进她的手里。

"杨树，"麦青哼哼哼地笑出来，拿另一只手拢了一下头发。"一棵笨杨树，四肢粗壮，头发蓬乱，真像一棵树叶茂盛、枝条张扬的杨树。"

麦青笑得弯了膝盖，上半身抖成一团。那棵杨树似乎生气了，抢过身份证。等来了面，用手指捏住碗沿拖过去，闷不做声地猛吃。这件事，到了晚上，麦青刷碗刷盘子的时候，还借着哗哗的水声，哼哼哼地笑了好一阵。躺到床上的时候，却翻了好一会儿，都没有睡着。

"那棵树，"麦青念叨着，把自己紧紧地抱住。"以后我就叫他那棵树。"

通常都是早上七点，杨树会准时赶到"散客来"，吱呀吱呀地停下笨重的三轮车，擦着汗推门进来。三轮车上是几十桶纯净水。在这儿吃完了饭，他就要把水送到几层、十几层的楼上去。杨树一直吃得很简单，一碗牛肉面，两个小饼。来这儿的熟客，麦青都知道他们的喜好、口味，往往人刚落座，麦青就利索地把吃的端上了，所以杨树喊麦青"服务员"的时候，麦青就特烦。"你不喊，我也知道。"麦青咬了牙，又怨又气。

一晃就是半年了，麦青的心事重了。她老是问自己，干到什么时候呢？杨树几乎天天来，只是喊服务员少了，来了就看麦青一眼，找个位置坐下，等着，像个等老师发作业本的小学生。麦青见到杨树心里就热，暂时忘了不快，把茶送上，再把小饼、面端过去，就转了身子，别别扭扭地走回来，靠在厨房的门框上，看一眼窗外，看一眼杨树，看一眼窗外，再看一眼杨树。碰到杨树的目光，就赶紧蹿进厨房，一会儿又出来。人却走了，喝剩的半碗汤，还冒着热气，缓缓的，把麦青的心弄得烟雾缭绕。

慢慢的，麦青发现自己最快乐的时候，是在早上杨树来吃饭的时候。到七点的时候，麦青就让师傅下面了。面熟了，人没来，麦青就问自己："那棵树怎么还没来呢?"跑出去看一眼,很快跑回来,来回跑了好几次。人来的时候,却发现有些不一样,眼圈发青,嘴唇肿了。坐下来冲麦青困难地笑笑。

"打架了?"

"碰上一个坏家伙,打老婆,我⋯⋯"

麦青的心一下子疼起来。看着她念念叨叨的那棵树。

"你应该穿上一件围裙,这样可以保护自己。"杨树认认真真地看着麦青,认认真真地说。

麦青低头看看自己身体,心里扑腾一下子。礅下面碗,脆脆地叫一声:"要你管?"转身快步进了厨房,马尾辫左右飞扬,就像音乐指挥不断摆动的双手。进了厨房,躲在门后,给油烟呛出两滴眼泪。

杨树吃完,却一直没走。他隔着几张桌子,对麦青说:"我不送水了,我到另一条街的工地上干小工。"

"我不叫服务员,我叫麦青。"麦青觉得自己快倒了,但她还是狠狠地看住他,两眼一层雾水地看住他。

杨树笑了,漏出两排整齐的牙齿,闪烁着坚定的白色。

"你还来吃牛肉面么?"

"来,来吃。"

"早上七点,面就做好了。"麦青轻轻说着,走过来,在那棵树的对面坐了下来。

都是小灰惹的祸

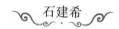

石建希

立冬那天,荞麦嫁了,新郎官是西沟的留住。

新房建在东坡上,小青瓦的屋顶,雪白的墙壁,院墙外面有三棵比新房还要高出一大截的攀枝花树,满树怒放的红花,碗大碗大的,连点绿色也没有,把房屋也埋在一片火红里,满世界都是红红的,抓人眼球。门外坡下就是自己家的土地,站在门口就可以看见,那家家户户的房屋就像三三两两的羊羔趴在满沟的绿色中,随风摇曳,时隐时现,实在惹人喜欢。

新房里就住了荞麦和留住,还有就是小灰。小灰是留住养的看家狗,它不像其他山里的狗那样,远远闻着点动静就狂叫不止,它总是静静地站在屋檐下,一看就是咬人不叫的好狗,这样的狗才是天生看家护院的好种子。

荞麦上门的时候,小灰没有像平常对待生人一样扑上去,鸡不叫狗不咬,都说这是一家人的缘分。荞麦也喜欢这个缘分,婚宴上就给拴在一旁的小灰端过去一碗大鱼大肉,小灰的尾巴摇得更欢了。

开过春,山里的男人都要外出挣钱,只有像二赖那样连家都成不了的男人,才会守着地里的几颗庄稼熬日子。男人的日子不在屋子里。

留住抚着小灰的头说,在家里给我把荞麦陪好,看住家。荞麦,你找根绳子把小灰套起来,被锁住的狗性子烈,看家有用。

荞麦数着日子,端午、中秋,就等留住回来。春种秋收的农忙时节,留住会带钱回来,那钱除了买化肥、种子,还可以请人工来做农活儿。全村留下的大多是妇女小孩,要请二赖帮工,还得好言好语地请来,好烟好酒地待着。最烦人的是二赖来了,总是坐在电视前到半夜也不走,还老说些不着边际的话,村里总有些二赖和女人的风言风语。

好在小灰总是不待见二赖,荞麦才不担心二赖。

年底留住回来,在山下老远就看见自己家里的灯亮着,心里一热,脚步轻快地来到院墙跟前,他没有叫门,伸手就搭在墙边跳了进去,想给荞麦一个惊喜,城里的人都喜欢这样的。

留住的脚刚一落地,只见屋里的灯光一下子就灭了,然后留住就觉得脚边一热,原来是小灰的嘴已经含了过来,只差咬进去了。留住使劲踢了小灰一下,大声地骂了起来,妈的,连主人都认不得的瘟狗,要死了哦。

灯光立时又亮了起来,房门倏地打开,荞麦一下子就拥了过来。

天亮后,留住懒懒地打开门,渴了一年的田土不是一夜暴雨就可以浇透的。不知道荞麦是怎么熬过来的。

荞麦说,你再不回来,小灰都弄不清你的味道了。出去这样久,身上总沾了点别人的味道。留住的脸当时就有些挂不住了。

留住喝骂道:"你是说我身上有别人的味道?! 不回来你皮子痒,回来你又闲得牙痒是不?"

欢愉的日子跑得快,留住要走了,荞麦也想出去。留住不乐意,都走了,谁守家? 你能做啥? 能挣几多钱?

荞麦说:"村里有些二赖的风言风语,怕被人伤了。"

留住说:"苍蝇不叮无缝的蛋,你不是还有小灰伴着? 逮着谁的味道不对就咬谁啊。"

有门外的土地拴着,荞麦就成了树,成了生根的庄稼,看来这辈子没有移动的时候了。

小灰就成了荞麦的影子,荞麦到哪里小灰到哪里。小灰的耳朵随时立着,越来越凶猛,让人远远看看就害怕。

二赖乱种别人的田土的说法在打工的同乡里流传。当时留住正在沾着别人的味道。他使劲地捶了一下身下那人。

留住再回来，就很刻意地挑了个时间翻墙进来。他对自己说，反正屋里没有亮起灯，敲门也是白搭。

留住担心小灰像上次一样扑上来，跳过墙落地，没有一点动静。屋子里的灯光还是没有亮，只听见有窸窸窣窣的声音，留住心里一紧，突然脚上一阵钻心的疼痛传来，再低头，小灰的嘴已经咬在自己的脚上。

小灰把留住咬伤了，就在自己家里。如果，不是荞麦出来喝住，留住是无法避免再被咬上两口的。

留住很窝火，好不容易回家，却受了这伤，许多的事情是万万不能做了。还不敢把自己被咬伤的事情说出去，都说看家狗咬自己的主人不是好的兆头。

天亮了，留住就拿着锄把满院子追打小灰。荞麦怎么也拉不住。留住发狂一样乱吼，小灰的惨叫响了半天，养不熟的杂种，忘恩负义地咬我，把老子当成外人来防了。

血糊糊的小灰在荞麦的怀里战抖了半天，始终咽不下最后一口气，它的泪水和荞麦的泪水混在了一起。直到小灰变得僵硬了，荞麦仍抱着小灰一动不动，长时间地流泪。

把小灰埋好后。荞麦轻轻说："离婚。"

留住一握拳头："你外面有人了？"

荞麦也不争辩，就是一个字："离。"

留住呆了许久，他不相信荞麦外面没有人，要是外面没有人离什么婚？

冬至那天，荞麦和留住离婚了。

上门女婿

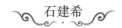
石建希

玉荞一把推开谢木匠畏畏缩缩伸过来的手："你走开哦,今天我来状况了。"

当时谢木匠也有点急了："今天我们结婚哦,我,未必,就动不得。"其实,谢木匠想讲的是,难道我吃碗过水面还要看时辰?

听说这句话,玉荞高声叫了起来,"你不愿意就滚,是你嫁我,不是我嫁你。滚回你山里守你的石碓窝。你这样的小手艺一辈子都是只能糊口。"

当时谢木匠跑荒来到了谢家坝,帮人做木货。他瘦瘦弱弱的,一副风筝架子。谢家坝靠近大公路,不爬坡不上坎,大田大土,还算比较富裕。那时玉荞的身子已经有点出怀了,队长是不会要她的,就有中人作保,把谢木匠掮成了上门女婿。谢木匠家在老山里,一年里有四个月连红薯都吃不上饱顿。

"我,我对你好嘛。"谢木匠委屈啊,上门都算了,改姓都算了,关键是今天办喜酒,玉荞连床都不要自己上,如果不是为了这张嘴,不是为了心里发毛,谢木匠怎么会做这样的上门女婿?

"不稀罕。"玉荞的眼泪下来了。"男人的话都可以信,母猪会上树。"

谢木匠对伢伢真好。伢伢是玉荞的父亲,这边把父亲叫伢伢。没有伢伢的帮助,他还不知道啥时候可以上玉荞的床,更做不长小满、大满两个女

子的父亲。成家那年，谢木匠就在屋前房后栽了十棵柏树，说是紧等着今后给伢伢做寿材，再剩下的就是玉荚的了。乐得伢伢呵呵地笑，让玉荚也骂不出口了。

伢伢死的时候要儿子来端灵，摔瓦盆。一个人一生只可以摔一次。谢木匠摔了，那个老山里的老人身体咋样，不知道。

谢木匠不但摔了瓦盆，砍倒了屋前四棵高高大大的柏树，做了一副三合一的上好寿材，外面黑漆、里面红漆，油了三遍，还披麻戴孝，请了全公社最有名的双吹双打的响器班子，用十六人抬的龙杠，把伢伢请上了山。谢家湾的人都说，谢木匠是有心。

回到家，玉荚和书记在大吃大喝。以前的队长现在是书记了，他也是有心来送送老辈子。临黑了，玉荚让谢木匠出去看田里的水放满没有，其实，这半下午才放的水不到半夜怎么会满？

谢木匠坐在田坎上呆了许久。直到书记出来。书记很大度，走过来，摸着自己的下巴，说："你回去吧，玉荚身体好，呵呵。"

谢木匠弯腰："哦，哦，啊，不少啥子的。"谢木匠是这样看的，"难道还会少了块肉不成？怄气了，肉就来了不成？"

谢木匠很高兴地跑回去，也不顾小满、大满两姊妹在吃糖，快步走进屋里，玉荚还披头散发躺在床上，看见谢木匠扑上来，她呸了谢木匠一口："臭货，哪像个男人？看看你那爪子。"

谢木匠看看自己的手，没啥啊，细细长长，再看看，他看见好像身体里的气血往外面直冒。

谢木匠在堂屋里蜷了一夜，反正也就是这样了。

小满嫁了，大满要嫁。谢木匠看看玉荚："要不也招个上门客？"

玉荚喷了谢木匠一脸的口水："你想害我的女儿？招女婿要把戏。顶天了也就是来个窝囊废！我去跟她看孩子，你要守窝是你自己的事。"

女婿那头不乐意了，尽管是没有兄弟姐妹，没有父母，我现在要大满，不是要你们一家啊，不成，这样子不成。

大满一定要嫁,女婿咬着牙不肯打个哦字。闹得没有办法,玉茭出了个主意,把家里的财产变现了,带着过去跟了女婿,给谢木匠留了间牛棚,家里不养牛已经好多年了,一直闲着。

风言风语,说说也就过了。大满的女儿满了百天,大满家里就闹翻了天。女婿给了大满一顿拳脚,操得她服服帖帖的,连玉茭的眼睛也被打成了熊猫眼,现在书记下台,亲戚里面也没有啥人可以出面了。

玉茭被撵出了门,不知道可以往哪里去。找政府没有效果,家务事啊,谁敢强制?再说都知道玉茭不是个善茬。

小满家倒是宽敞。不过小满说了:"你老都老了,还混在街上搞哪样?难道想把我的家也闹散?"

大满说:"要不你回谢家坝去?我是不敢要你回去的。你回去谢家坝啊,谢家坝是你的老家,他谢木匠没有你出得来山?"

玉茭顺溜了一辈子的口条,打了结头。她结结巴巴地说:"可是,可是我怎么张得开这张嘴哦?我都把谢木匠撵出门了的。"

没有人想到,谢木匠来了。他问玉茭:"要不你回来?想想看,要得不?"

大家都说谢木匠是好人。玉茭的肠子都悔断了,真没有想到还有今天啊。

把玉茭领回谢家坝老屋那天,谢木匠一家伙把门口剩下的大柏树都砍了。那雪亮的斧头在空中唰唰挥舞,砍得那碗口粗的柏树不断吐出雪白的碎渣,空气里浮满了好闻的柏树清香,要知道,庙中供菩萨还有家里做烟熏年货的时候,这柏树丫权可是少不得的东西。玉茭试着跟谢木匠说话,那话儿却塞在喉头不肯动。她走进去,走出来,最后终于进了厨房,做了顿饭。

谢木匠还在吭哧吭哧地砍木头,天黑了,才进到屋里,自己端起碗到水缸里面舀了碗水,再从屋中吊着的篮子里面取出来个粑粑,有劲地嚼了起来。

吃完饭,谢木匠就出去了,躺在那一堆新砍的柏树中间,只剩下玉茭一个人躺在屋里那张漆黑的破床上,闻着难闻的腐朽的谷草的恶臭。

玉荽最后实在忍不住了，喊了声："谢，我说老谢，老谢。"

谢木匠一动不动，看着月亮。

半夜的时候，听着谢木匠面向月亮哼出的鼾声，一弯一曲。老屋里传出了玉荽嘤嘤的哭泣声，似乎还夹杂着女人的诅咒："不是人啊，不是人啊。"

谁不是人？是玉荽还是谢木匠？清冷的夜风扫过月亮洒在大地上的银灰，地下、树上的各种虫鸣此起彼伏。

碗

何君华

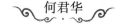

德海叔的儿媳妇芳霞买回了几只新瓷碗。瓷碗就是瓷碗，瓷碗真漂亮。你看这些瓷碗，碗底都釉着青色的小花，比那些土不拉儿的土碗好看多了。

日头正在头顶的时候，德海叔从地里回来，在水池里舀了水，洗过双手、双脚，就上桌吃饭。当他端起碗的时候，才发现自己一直用的那只土碗不见了，摆在面前的变成了一只瓷碗。德海叔的脸一下子就沉了下来，他放下筷子，问儿子大民："我的碗呢？"

大民指着他面前的碗，说："这不是你的碗吗？"

德海叔说："我要我的土碗。"

芳霞买回了新瓷碗，就把家里那只土碗当了狗钵，拿去喂狗食了。

德海叔气不过，跑去狗窝旁把狗食一股脑儿倒在了狗槽里，把土碗拿回来洗了又洗，重新盛上饭，端上桌。

芳霞的脸色就不好看了。按理说，儿媳妇给公公端新碗，那是尊重他，那是不嫌弃他这个人。没想到这个老头子偏不买账，还要去狗窝里掏回那只土碗。拿狗用过的碗盛饭吃，你说恶心不恶心？

芳霞当然不知道，这只土碗是已经去世的婆婆王英娘过门时带来的嫁妆。婆婆死得早，现在她带过来的嫁妆破的破，旧的旧，只剩下这只土碗还能用。清河这一带有个讲究，新媳妇过门嫁妆里可以什么都没有，但是一定

要有碗，有句歌儿唱得好，叫作"入了俺家的门，成了俺家的人；端了俺家的碗，死了也是俺家的魂……"唱的就是这个理。

王英娘死的那年闹饥荒，那时她刚生了大民，别说补营养的肉啊蛋啊吃不上，就连一碗热乎的大米饭都吃不上，王英娘就这么走了。王英娘走了，德海叔却撑了过来。现在日子好过了，德海叔觉得对王英娘有愧，他老觉得自己当年是从王英娘嘴里挤走了粮食才捡了这条命，王英娘是替自己去死的。多少年过去了，德海叔就一直用这只土碗。这只土碗成了德海叔唯一的念想，除了他谁也不能动。

儿媳妇把这只碗拿去喂狗食是什么意思？是不要我这个糟老头子吃饭了吗？是嫌弃我吗？是想我早点死吗？我偏不！德海叔心里越想越气，就这么的，他又去狗窝里捡回了土碗。

这样一来，芳霞就下不来台。芳霞本来是好意，那只土碗已经缺了两个口，芳霞怕公公吃饭硌到牙才给他换了新碗，没想到秀才遇到兵，有理说不清，芳霞委屈地跑进里屋大哭起来。

芳霞看着橱柜里唯一的那只土碗还是憋气。满橱柜都是瓷碗，只有这么一只土碗，看着都嫌烦，芳霞越想越不舒服。

吃晚饭的时候，摆在德海叔面前的又是那只新瓷碗。德海叔的脸色铁青："我的碗呢？"

孙子小岩低声应了一句："爷爷，我不小心打碎了……"

德海叔最疼孙子小岩，德海叔什么也不说，饭也不吃便进屋了。

芳霞下午塞了两个红苹果给儿子小岩。

德海叔一直把自己闷在屋里，也没出来打热水泡个热水脚。屋里也没开灯，大家都以为他睡下了，也就没搭理他。

没想到，德海叔一睡就再也没起来。

德海叔是在第二天早上七点多才被发现已经过了身的。儿子大民进来叫他吃早饭，三叫不动，儿子便推门进来，一推他的身子，早就硬了。

德海叔葬得不远，就在后山的清风岭上。

远远看去,德海叔的坟就像一只倒扣过来的土碗。

"这老头子真犟,死也要钻到土碗里去!"人们比画着说。

琴

包兴桐

　　村里人管二胡叫琴。好在村里再也没有别的琴,所以,把二胡叫琴也不碍什么事。

　　我们很小就从小叔那里学会了做琴。要一截老竹筒,一根老竹枝,一张老蛇皮,一束老棕须,一块老松香。好多人都有一把自己做的琴,只是腔款各不一样,所以,还是常常要叫小叔来调一下。小叔拧一拧,拉一拉,琴声就正了。

　　"我这琴不好吧?"

　　"好得很。"小叔说着,就给大家拉上一曲。大家一听,真的好得很,那琴声是那样机灵,要尖就尖,要涩就涩,真是一把好琴啊。

　　爱听和不爱听的,差不多天天都可以听到小叔的琴声。放牛的时候,他会坐在岩坦上拉琴;砍柴的时候,他会坐在扁担上拉琴;大清早,他会坐在院墙上拉琴;傍晚,他会坐在溪边拉琴。后来,有人说,这样可不行,一个村子整天都是琴声,天天都像在哭丧似的,晚上做梦听到的也都是下雨似的声音。

　　"我是拉给自己听的。"小叔这样对人说。

　　大家想想,也是。大家看小叔拉琴,好像真的是拉给他自己听的,他低着头,认真地看着自己的手,轻轻地摆着头。他的牛跑进别人的园里,他也不知道;我们挑起柴要走了,他也不知道;甚至,溪的那一边,有一只狸猫直盯盯地看着他,他都不知道。偶尔他也会抬一下头,往往会把我们吓一跳,好像,他无限伤心似的,那眼光白白的,沉沉的,软软的,像一摊糯糊,好像都快要把我们粘住了。好在,他一会儿就慢慢地合上眼皮,低下头。我们轻轻地松了一口气。

小叔就这样天天拉着他的琴,让琴声像炊烟一样在村子里飘来荡去。有时候,他也会吹吹喇叭,吹吹口哨,学学鸟叫或风声。小叔把两片树叶合在一起,或者把一圈青树皮放在嘴里轻轻一嚼,哪怕就是一根葱,也可以做成喇叭,吹出各种各样好听的声音。小叔吹喇叭的时候,村子就显得很热闹,像要来客人似的。这样的时候,大家就说,村里有小叔,也是挺热闹的一件事。可是,就是在吹喇叭的时候,大家觉得小叔的眼光也是那种伤心的样子,白白的,沉沉的,软软的,像一摊糯糊。

有一年,村里来了一个木偶戏班子。他们一伙人在台上又拉又弹又敲又打,小叔站在台前像一个小孩子似的,听得直了眼。

"他是不是个半傻子?"戏班子的领班偷偷地指着小叔问村主任。

"半傻子倒不是,但一听到好听的声音,却和半傻子差不多。"村主任说。

不过,只一天工夫,小叔就和戏班子的人熟了。他们听了小叔的琴声后,都说真是太好听,只是不合腔不合调,没有戏没有文,可惜了。

"我本来就是土学的。"小叔笑着说,"我是在山上从风声水声鸟声那儿学来的。"

"不过真的很好听。"那个领班想了想,像是回味一道菜,"真的很好听,像流水、像风声、像叹息。"

"这算什么。"村主任说,"他的琴声,连山货都觉得好听,都忘记了害怕。还有,他常去拉琴的地块,麦子都长得特别好,橘子都结得特别大。还有,要是村里哪个女人难产了,他在窗外轻轻一拉,那孩子一会儿就出来了。不信吧?"

这以后,村里要是来了戏班子,都会叫小叔给他们拉上一段,每一个戏

班子的人听了都说太好听了,在哪里都听不到这么好听的琴声,只可惜,琴声里没有戏文。就这样,小叔很老很老了,还在拉他的琴。

好在,小叔没有独自一人。

有一次,来了个戏班子,听了小叔的琴声后,有个女琴师就决定留下跟小叔学拉琴,后来,就再也没有离开了。大家说是有点可惜,小叔人长得挺好看,拉琴的样子也挺好看,可惜那是个瞎眼女人,她什么都看不到,她也看不到自己长得可不怎么样。但照她陶醉的样子,好像她自己长得跟观音似的,好像她什么都能看见似的。

半个鸡蛋

衣 袂

有钱没钱,剃头过年。在农村,正月里是不许剃头的,剃了头,不是妨碍舅家就是伤害自身,总之是件很不吉利的事。

腊月二十五,是老高剃头挑子上老鸹岭的老日子。老高五十出头,一年四季都穿一身粗布黑衣服。肩上担着担子,一头是放剃头工具的木箱,一头是一个铁皮炉子,常年生着火。到了村里,老高就在炉子上面放个洋瓷盆烧热水,然后打开木箱,取出那把又薄又长的剃头刀,在磨刀石上霍霍有声,然后再清水濯洗,挥舞试风,银光飞溅处,直让人颈上生寒,吓得小娃不敢号哭,缩着脖子往自家大人怀里拱啊拱。

吃过早饭,胖婶就端出破笸箩,在为数不多的几个鸡蛋中反复比较,拣出最小的攥在手心,然后满院扯着脖子喊更生。墙角的大铁锅里正噗噗嗒嗒地熬着猪食,大丫头桂枝守在旁边,边搅拌边往灶里添加柴草,眼缝却见不得娘的小气,就忍不住嘟哝:"你那拿的哪是鸡蛋啊?不知道的还以为是麻雀蛋呢——也不怕人笑话!"

"笑你娘个腿。亏你还是上过初中的大姑娘。要不是老娘苦扒死挣的,靠你那八百锤打不出一个响屁的爹,别说麻雀蛋,鸡屎都没得你们吃。"这厢骂得热闹,引得更生探出头张望。胖婶瞥见后,也不管他哭哭唧唧反抗,薅住便往稻场奔去。

老高的剃头担子常常设在稻场。剃一个头一毛钱，小孩只要八分，没钱交一个鸡蛋也行。因为那时鸡蛋也不按斤卖，按个，一个鸡蛋也是八分钱。

山里人厚道，专挑红皮大鸡蛋留给老高，心想人家挑着担子翻山越岭混口饭吃不容易。只有胖婶每次拿来的鸡蛋，小得不能再小，卖到集镇，五分钱都不值。胖婶是老鸹岭出名的蛮不讲理，一张颠倒黑白的利嘴，常搅得四邻不安。老高常来老鸹岭剃头，早就清楚胖婶的底细，也不跟她较真，睁一只眼闭一只眼罢了。

这次挥舞剃头刀的，却是老高的儿子小高，老高叼着旱烟袋坐在旁边监工。老高的老风湿腿越来越翻不动山路了，把儿子带出师后，老高就准备待在家里颐养天年了。

轮到更生剃头时，他被胖婶摁住还不老实，摇头晃脑碰着小高的剃头刀，结果划破点头皮。

胖婶不依不饶，说不能白划，要扣一半工钱。

小高说："行，你只给四分钱吧。"

胖婶说："我把鸡蛋给你，你倒找给我四分钱。"

小高以为胖婶家穷，原打算免收工钱，可是见鸡蛋那么小，心底不爽，就说："给钱的才找钱，你又没给我钱，我凭什么要找给你钱？"

见小高不乐意，胖婶舍不得掏钱又舍不得鸡蛋，就要付给对方半个鸡蛋。小高年轻气盛，懒得搭理她，心想：你真能把一个生鸡蛋一分两半？

谁知胖婶转身就把那个鸡蛋放到洗头的盆里。等那鸡蛋煮熟了，把鸡蛋切开，一半塞给更生，一半递给小高。众人哄堂大笑。

小高面对着那指甲盖大小的半个熟鸡蛋，尴尬无比，接也不是，不接也不是，俊脸涨得通红。

桂枝忙完活儿也来稻场看热闹，恰好赶上这一幕，那些笑声如芒在背，刺得爱面子的桂枝浑身不安。她气咻咻地挡住胖婶，拿起剪刀铰下自己心爱的长辫子，转身扔在木箱上。"这个可以抵你的工钱了。"说完就跑，把眼泪都跑了出来。

众人啧啧，神情各异。老高始终冷眼旁观，仿佛置身事外。

过罢正月十五，老高忙活起来。央求德高望重的媒人，带着喜气洋洋的小高，挑着丰厚的彩礼，去老鸹岭向桂枝提亲。

老伴儿反对，说："栽棵葫芦靠墙，养个女儿像娘。咱儿怎可娶胖婶那婆娘喂养的女儿？"

老高告诉老伴儿："理是那个理，可有些事情你还不明白。乌鸦窝里也能飞出金凤凰哩。"

果然，桂枝嫁过来后，不仅夫妻恩爱，还孝敬公婆，勤俭持家，和睦乡邻，人皆称赞。

哎，谁能想到，这是半个鸡蛋造就的好姻缘呢？

马大嫂忙碌的一天

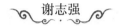

谢志强

吴大是我儿时的玩伴儿。儿时在生姜村的时候，我听说过关于吴大的奶奶的许多故事。他的奶奶就是有名的马大嫂。据说，马大嫂是生姜村最勤快、最操劳的女人了。马大嫂疼丈夫，护丈夫，所有的重活儿都由她一手操持，回家还要给丈夫、儿子烧饭，并且乐此不疲。

不过，马大嫂有个缺点——整天丢三落四的。村民说她忙糊涂了。到底糊涂成啥样？有许多版本，不过大同小异。出于故事性的考虑，我选择了"马大嫂忙碌的一天"这个版本。

好多好多年前的一个早晨，马大嫂进深山砍柴。她怕累着丈夫，让丈夫窝在家里陪护儿子，还替父子俩烧好了午饭——好像她不在家，他们会挨饿似的。

太阳离西边的山头老高，马大嫂已经把一担柴捆扎妥帖，正准备下山，突然觉得内急。忙了大半天，这档子事儿也没顾得着——总不能把屎带回家吧？马大嫂寻了一块巨石，躲到石头背后。她生怕丢东西，习惯把东西拿着，可是，方便时不得不放下柴刀。

系好裤腰带，一身轻松，马大嫂看了一眼草丛中她先前随手丢的柴刀，像是发现一把新柴刀似的。她就想："一定有谁来砍柴，一定有谁也来方便，却把刀忘在这儿了。"马大嫂捡起柴刀，四下一望，退后两米，脚下踩着了什么,软绵绵的。她低头一看,急忙在草丛里蹭掉鞋底的屎,一边骂道:"真晦气!"

她又看见巨石不远处有一担柴,于是喊道:"这是谁的柴?"

没有回应。倒是风吹过山林,响起了一阵悦耳的哗哗声。

"没人来领,我挑回家了。"马大嫂大声说。下山的路,马大嫂走起来格外轻快。她想着自己捡了一把刀,拾了一担柴,唯一的晦气是踩了一泡屎。总之,运气不错。

马大嫂烧好了晚饭。饭桌上,她只说了一把刀和一担柴的意外收获。丈夫旁观者清,一点即穿。马大嫂再去瞅那把刀,笑得不好意思了,说:"在山里,我喊了几遍没人应,我以为捡了个现成的大便宜,没想到竟然是自己的刀。"

晚上,马大嫂睡得很香——毕竟累了一个白天。突然一惊,马大嫂听到急骤的叩门声。门外传来喊声:"嫂子,嫂子,我刚从你娘家的村子回来。你娘生了急病,想见你和外孙。赶紧去吧,恐怕你娘等不及了。"

丈夫说:"我陪你一道去。"

马大嫂说:"你没走过夜路,反而拖后腿。你睡吧,我带儿子去。"

月色朦胧,山风呼啸。马大嫂抱着儿子,高一脚,低一脚。小路蜿蜿蜒蜒,隐隐约约。脚下忽然被什么一绊,她跌倒了,孩子一下子脱出她的手。心急的她在地上慌忙地乱摸,摸到一个圆乎乎的东西,她连忙抱起来,脱了罩衫,裹住了"孩子",继续赶路。

来开门的是娘。娘说:"半夜三更回来,老公跟你过不去了?"

马大嫂上气不接下气,直摇头。她顿时想到是村里的那帮女人捉弄她了——她们之间常闹些恶作剧,增添些生活乐趣。可是,这种玩笑竟然也想得出? 她们无非瞅准她孝顺,害得她一夜赶路。

娘看见马大嫂在发呆,吃惊地问:"你是连夜抱着这个冬瓜赶来送我的吗?"

马大嫂蒙了,告别娘,拔腿就往回赶。她跑到摔跤的地方,天色放亮,她

看到躺了一地的冬瓜——那里是一块冬瓜地。她在冬瓜地里没发现自己的儿子，却找到一个绣花枕头。她自责不已："肯定是昨晚慌乱中抱错了，把枕头当成儿子了。马大嫂惦记着儿子，心急火燎地往家赶。"

太阳刚刚升起，她在家门口看见独自在玩泥巴的儿子——他就是我的儿时玩伴儿吴大的爹。她松了一口气："一夜虚惊，一切都那么美好。今后可别犯糊涂了。"她笑了。

马大嫂对儿子说："你爹呢？"

儿子说："屋里睡着呢！"

太阳都晒着屁股了，还睡？马大嫂舍不得唤醒熟睡的丈夫。她第一次端详着熟睡的丈夫，那睡姿，像在娘胎里那样幼稚可爱。丈夫面朝的方向，正是她睡的那半边床。仅一夜，她觉得有点陌生，仿佛第一次闯入一个陌生的地方——这就是结婚七年的丈夫？简直像个孩子！

一　夜

谢志强

　　他一下抵达艾城的班车，就漫无目的地在街上转悠，看得他眼花缭乱。等他发现太阳西坠，赶到汽车客运站，最后一班开往他村庄的过路班车已开出有十多分钟了。他知道，今晚不得不住下了。

　　想起儿子，他就想，我就不会用钱了？我自己赚的钱，我就不会用了？我得用给你看。这半辈子，辛辛苦苦在土地里劳作，还没到城里下过馆子呢。他打算点几个菜，要几两酒，坐着慢慢吃。

　　可是，徘徊了两个餐馆，他最后还是点了一碗阳春面。他往碗里夹了一筷红红的辣酱，天气有点冷。那面条，呼呼噜噜不间断地往他的嘴里输送，竟吃出了一头汗。

　　他似乎浑身充实了，那一股气被赶跑了。他是窝着一股气离开村庄的。儿子搓麻将，无心干活儿，缠着娘要钱——麻将桌上输了。他扇了儿子一耳光，老婆来护儿子，他跟老婆翻脸："再这样下去，这个家非败在这个不务正业的儿子手里。"气了一夜，早晨，他坐上一班过路车到城里。大半天走下来，不知不觉，气消了，好像闯入了另一段人生。

　　他进了两家宾馆，都嫌那房价咬人，最后选定了一家小旅馆。他想，我就不能享受一次吗？似乎他面对着妻儿，往床上一躺，放开手和腿，白白的床铺，仿佛他是一个偌大的"大"字。

　　软软的席梦思，富有弹性，他感到冷。到走廊里喊，服务员闻声赶来，开了空调。他第一次享受空调。城里人把冬天弄得像春天一样温暖，大半辈子湿冷湿冷的冬天过下来，今天他能在冬天穿着裤衩背心待在屋子里，过去想也想不到。

　　他在浴缸里泡了个热水澡——城里人想得真是够周到哇。冬天，在家，他只是在大木盆里洗过澡，够费事。夏天倒好，在河里洗。

　　然后，他躺上了床，赤裸着，试着起一起身，考验席梦思的弹力。很好。家里，那张老式的棕棚床，年月已久，他和老婆睡着睡着就会陷下去。

　　大概是走了那么多城里的街路，累了，睡过去多久，他也不知道，醒来，他疑惑："我怎么会在这里？"他很快想起这是艾城的一家旅馆。电视剧已结束，有人在讲话——午夜新闻。

　　他一个人睡一张床，似乎缺了什么。他想到老婆，冬天总是他先钻进被窝，焐暖了床，老婆忙完了家务，再睡进来，带来一股寒气。老婆的脚，像冰一样冷。现在，老婆的腿，一定一夜凉，脚热不起来，她就睡不着。老婆一定盼望着他去焐被窝。他出来，连声招呼也没打。

　　旁边那张床空着——我不睡，那床铺的钱也交了，白白浪费了呀。不能让它闲着，不睡白不睡。

　　关了灯，他一时睡不着。可能干净得有些陌生，他想到多年前的一张床。他还是单身，一排老屋，有好几家人家，也没院墙隔开，有一天，半夜尿急，他到门前不远的柴垛背后尿。尿完，他顺时针绕到柴垛的另一边回屋子。躺下，觉得不对劲儿，因为，他闻到一阵特别的气息——田野花开的气味，那是女人的体香，他第一次闻到，又陌生又亲切。他紧张起来，知道自己闯错了门，而且，能感到那散发出体香的身子往里缩——吓得缩过去，大概也闻到了他这个陌生人的气味。他悄悄地离开，返回自己的屋子，他知道那好闻的体香发自邻居家的姑娘。

　　一大早，他听见那姑娘在哭泣。姑娘的娘来了，跟他娘说什么。然后，这桩亲事就定下来，原因是他睡过了那家姑娘。

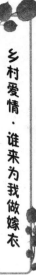

那姑娘就是他现在的老婆。他想，这个儿子现在的行为是对他那一次闯错门的惩罚吧？这小子，迷在麻将上了。报应啊，作孽呀，十赌九输啊。

他突然担心，要是有个人住进来，看见他睡过的那张床，那个人一定以为自己进错了门。

早晨，退房前，他终于说出了疑问。楼层的服务员答："你开了一间房，就不会再安排别人进来住。"

他说："为什么？另一张床不是浪费了吗？"

服务员说："考虑到客人的安全。"

他想："有什么不安全吗？"

他乘上了回家的头一趟班车，恍惚中，以为床在颤抖。他想到两张床都被睡过了，也值得，一个人睡两张床。只是，什么也没发生，觉得自己又一次莫名其妙地闯错了门那样。

接近村庄了。老婆一定着急，她怎么会想到他去艾城，而且，过了一夜。多年前的一夜，她就成了他的老婆，这个儿子来到这个世界就是惩罚他那一夜。而艾城一夜，又会埋下什么隐患？老婆要是知道了，一定会说他糟蹋钱。

想想，也是，粗粗折算，一夜把半亩地的稻子给睡掉了——这一夜竟那么值钱，插秧、拔草、割稻、晒谷，大半年，面朝土背向天，只一夜就睡掉了，好像做了个什么梦，他记不起，似乎梦到了一床的水稻。

老婆会埋怨他："跟儿子赌什么气？"

他会说："这小子以为钱会自己长出来呀？他以为我不会花钱？我用给他看看。"

这么一想，他又生一肚子气，一夜的眠床竟抵得上一季的半亩稻。这回，他气的是自己。

昔我往矣

高 薇

干爷爷的突然出现,让奶奶原本安静的小院里突然热闹起来。

老头儿黑瘦黑瘦的,中等个儿,看上去七八十岁的样子,大嗓门儿,一杆旱烟袋不离嘴,一张嘴,露出两颗黄黄的门牙。平时不善言谈的爷爷坐在干爷爷对面,显得很兴奋,两个人一齐比画着手脚,爽朗的笑声不时从小屋里传出。

奶奶一把将我拉到黑瘦老头儿跟前说:"快叫干爷爷!"

干爷爷?我用疑惑的目光望望眼前这个陌生老头儿,犹豫着,但一斜眼看见桌上摆了花生,便赶紧喊了一声。

老头儿笑着答应,把我搂进怀里,顺手从桌上抓了一把花生,塞到我手里。我高兴地跑到院子里。

那时,我最盼望的就是过年和来亲戚了,只有这时候才能吃上好东西。一小把花生很快吃完,我又磨蹭着倚在门框上,看屋里的热闹。

老头儿一竖大拇指,说:"兄弟,你那时可真厉害。"

爷爷说:"你说我的骑术?"

"当然!你那镫里藏身,漂亮!比武场上的官兵全给镇住了!小媳妇大姑娘们,呵呵,谁不知道你?"

"呵呵,那次我可是全师第一!"爷爷也发出爽朗的笑声。

"哈哈哈……"

两个老头儿一齐笑着，笑声传出很远。

憨厚木讷的爷爷竟然获得过全师马术大赛的第一，这是我第一次听说，禁不住对爷爷生出一种崇敬之情。寡言少语的爷爷，在队里负责每天到各家各户铲大粪，这活儿虽不重，工分也不少，但没人愿干，原因是都嫌臭，可爷爷愿干，一干就是十年。爷爷愿意干这活儿的原因我也是后来才知道的：爷爷爱读书，还喜欢写写画画的，到队里干其他活儿得熬时间，铲大粪就不用。一个小队四十几户人家，有两小时就铲个差不多，然后推到村西场边和好晒上就完事了，可以有更多的时间看书写东西。爷爷读的书大多是从一个叫北宅的老四合院里找来的，那户人家举家迁到国外了，这四合院做了生产队的仓库，收拾院子时，爷爷抢了不少书。奶奶看着爷爷兴高采烈的样子说："简直变了一个人，平时看你绵得像只虫，看到书就成了一条龙，真是怪事。"

为这些事，我那文雅又爱干净的奶奶没少骂爷爷，爷爷干活儿回来，一进门准会看到奶奶早备好的盛满水的瓦盆，捂着鼻子的奶奶甩下一条毛巾，赶紧躲到屋里去。爷爷总是不屑地说："哼，老女人。"

整天推个大粪车的爷爷竟然做过骑兵团长，还在骑兵技术比赛中获过第一，我情不自禁地向爷爷投去敬慕的目光。

"还有，你的军饷发下来你也不管，爱谁花谁花，你比武获得的奖品有一条香烟，也被我给抽了，你还记得吧？"干爷爷的话匣子一直没停下，仍然哇哇响。

"记得，记得，咋不记得！"

"就是那荷包你不给我们，佩岑姑娘赠送的那个香荷包，你整天戴在身上，我看着好，但说什么你不给。"干爷爷的话仍是滔滔不绝。

"什么荷包？那时候我还不认识他呢！"正过来续水的奶奶听了这话，手不禁一哆嗦。

干爷爷望望奶奶说："不是说你，年纪大了，说也无妨了——佩岑是房东家闺女，人长得漂亮，也勤快，佩岑这名字还是我这有学问的拜把子兄弟给

取的呢,怎么,你也知道佩岑?"

奶奶深深地望了一眼爷爷,爷爷的目光躲闪着。奶奶说:"哦,我从小也没名字,嫁了他后也是他给取的名字呢……"

"那叫佩岑的姑娘后来怎样了?"奶奶转过脸问干爷爷。

"咳,死了!干爷爷长叹一声。"

"死了? 怎么死的?"爷爷和奶奶不约而同地问。

干爷爷第一次把声音降下来:"咳,难产死的,比武后不久,你就调离了部队,从那以后我们就再没见过,不觉四十多年了啊,要不是红星干渠修到我们那里,要不是在工地上遇到你家三小子聊起来,这辈子我们恐怕见不到了,唉!"

奶奶说:"大哥,你说那佩岑姑娘是难产死的?"

一丝忧伤爬到老人布满皱纹的脸上:"咳,佩岑姑娘是大着肚子嫁人的,你想还能嫁好人家? 男人是瘸子,经常打骂她。孩子眼看生了,痛得她在地上打滚,瘸子才一边骂贱货一边慢腾腾地去找接生婆。听说接生婆来时佩岑姑娘早已倒在血泊里。"

"她是什么时候结的婚?"爷爷急切地问。

"你走的那年秋天。"干爷爷说。

"那孩子呢? 怎样了?"是奶奶焦急的声音。

"孩子没死,是个儿子。"开始瘸子口口声声骂孽种,要把他卖了,一时找不到合适人家,就先养活着。过了一段时间,有人去向瘸子买孩子,被瘸子骂出来了。

"那瘸子和孩子现在好吗?"爷爷小心地问。

"好,都好,瘸子在红星干渠工地上看料,除了腿瘸身体没别的毛病。他儿子当兵回来在村里当过书记,现在负责那段工地的施工管理,和你家三小子在一段上,两人投缘,还拜了把兄弟呢,说过些日子还要来看你呢。"干爷爷说。

哦,好,四十多年了啊,爷爷长叹了一声。

这时,奶奶放下茶壶,转过脸,默默地向里屋走去。

线装书

高　薇

　　我那时最喜欢到环环家去玩，多半是因为环环的奶奶。

　　环环奶奶中等偏高的个子，白净脸，喜欢笑，但笑起来从不出声，不像秋子和春子的奶奶、我的奶奶还有瑶瑶奶奶那样，一笑起来声音很响，还用一双粗糙的手相互捶着拍着对方的肩膀。

　　环环奶奶走路也不和其他小朋友的奶奶一样，她总是轻悄悄地，像一阵微风，在你不知不觉时就从身边飘过去了。每当环环奶奶从人们身边飘过去，正在唧唧喳喳的老女人、年轻女人们就会突然停止说话，望着环环奶奶挎着菜篮子渐渐远去的背影，呆上一小会儿，然后其中一个就会先打破沉静，说些不好听的话，有的就对着那个远去的背影撇嘴，或者啐上一口。如果我奶奶也在其中，一定会说，哼，看地主小姐那走架，一扭一扭的，一副勾人的样！

　　环环奶奶会讲故事，比我们村最有学问的爷爷讲得还好。什么时候我们闹够了，疯够了，就到里屋找环环奶奶，环环奶奶赶紧将一个发了黄的线装书找地方掖起来，样子有点儿慌张。我们把她拽出来，她就给我们讲故事，她的声音细细的，软软的，娓娓道来，常常让我们忘了时间，很晚才回去。

　　环环奶奶讲得最多的是《聊斋》故事。我们爱听，经常缠着她讲，但听了之后又很害怕，一个个吓得不敢回家，赖在那里不走。看天色晚了，环环奶

奶就柔声说:"回吧,明天再来。"我们听了之后就一齐扑上去说:"那奶奶得送我们。"环环奶奶笑着,开始挪动脚步。我们踏着细碎的星光,紧紧跟在环环奶奶身后,不时朝着幽远而浩瀚的天空望望,想象着天宫里的神仙姐姐和神仙哥哥的模样。周围静静的,偶尔听到一点响声,我们会呼啦一下,向环环奶奶身上扑过去。

环环奶奶特别喜欢我,虽然那时我还小,但我感觉得出。

有一次,我们要回家时,我走在春子和秋子后面,就在她们刚刚跨出门我还在门里时,环环奶奶把一块塑料花纸包着的硬糖塞到了我的口袋里。我回到家时,还含在嘴里,我高兴地向奶奶显摆。我身材魁梧的奶奶立即给了我一巴掌,我一害怕,半块硬糖咽到肚子里了。

有一次,我和环环还有秋子和春子在一起唱当时正流行的一首歌曲,现在忘记名字了,歌中这样唱道:

> 天上布满星
> 月亮亮晶晶
> 生产队里开大会
> 诉苦把冤申
> …………

我们唱着唱着,声音越来越大,唱得兴奋了,就模仿村里文艺宣传队演的小戏里的动作,手舞足蹈起来。不知何时,环环奶奶已经从里屋出来站在我们面前,她一脸怒容,声音一改原先的温柔,大声对我们说:"别唱了,地主怎么了,地主的日子也是自己省吃俭用过起来的!"我们吓得赶紧停止动作,噤了声,呆呆地望着环环奶奶。这是我们第一次看见环环奶奶生气,我们都非常害怕。看到我们害怕的样子,环环奶奶脸上的表情渐渐变得柔和了,轻轻叹了一口气,转过身又到里屋去了。

那是一个深秋的傍晚,我和爷爷从地里回来。一阵嘈杂的锣鼓声夹杂着热闹的喊叫声传来,只见一群激愤的年轻人押着几个戴了高帽的人朝我们这边走来,领头的是我那刚当上民兵连长的三叔。就在我还没弄清怎回事时,爷爷已经冲到那群人面前,爷爷抓住三叔胸前的衣服往我这边走来,我吓得愣在那里。爷爷经过我身边时大吼一声说:"快回家去!"我害怕爷爷,但更想看热闹,跟在爷爷和三叔后面走了几步,就偷偷转身,迅速往热闹人群里钻去。我看到被押的几个人脑袋上都顶了一个高高的帽子,帽子上都写了大大的黑字。环环奶奶也在其中,她的帽子上写着:打倒地主婆。每人脖子上还挂了个木牌子。我跟随在吵吵嚷嚷的人群里,听到有人说环环奶奶藏了本坏书,是写一个崔小姐偷男人的事。环环奶奶胸前的牌子上面写着"朱殿玉"三个字,中间那个字我不认识,就向旁边的一个大爷询问,大爷对我说了,我觉得这名字很特别,很好听。大爷又接着说:"乡下女人谁会有名字啊,也只有生在地主家的小姐才会有这么好的名字,唉,可惜!"我不知道大爷说的可惜是什么意思,但那时从一些小戏里和人们的谈论中知道地主是很坏很坏的。环环奶奶那么好一个人,怎会是地主呢?那是我第一次深深地思考这个问题。

我再也不到环环家玩了,妈妈不让我去,奶奶更不让。听说自从游街的事后,环环奶奶就得了一种怪病,不久就死了。环环奶奶死后,埋在了去世二十多年的环环爷爷的坟里。那天去看的人很多,奶奶说,我才不去看那地主小姐!说这话时脸上一副鄙视的神情。

那年冬天,爷爷也去世了。奶奶在收拾爷爷遗物时,意外地发现爷爷也有一本发黄的线装书。奶奶停止了哭声,抓起来几下就撕碎了,扬手抛到院子里,大声地哭起来。

生命轮回

李永康

　　王奶奶第一眼见到孙儿王小帅的女朋友,顿时惊呆了。

　　王小帅是王奶奶小儿子的儿子。民间有个说法是:皇帝爱长子,百姓爱幺儿。王奶奶对小儿子的溺爱差点让他成不了家。一个男人长得像女人模样不说,说话也满嘴女人腔调,穿衣服也喜欢花花绿绿的。不管性格如何刚强的女人,还是喜欢有男人味儿的男人。所以,小儿子直到三十岁才成家。三十二岁时儿媳生了王小帅,六十一岁的王奶奶才把对小儿子的爱转移到孙儿的身上。

　　可以说,王小帅除了吃奶在母亲的怀里待一下,其余时间不是在奶奶的怀抱里滚,就是在奶奶的背上爬,或者是躺在奶奶的热被窝里。亲得王小帅就像是从奶奶身上掉下来的一样。儿媳也有点吃醋,一次和王奶奶争辩说:"王小帅是你的儿子还是我的儿子?"王奶奶生气地说:"没大没小的,王小帅是我的亲孙子。"王小帅呢,长到几岁了,还是喜欢跟奶奶一起赶集、走亲戚。奶奶外出一步,王小帅都跟着。

　　转眼间,王小帅长成了一个很阳刚的帅小伙,也开始要朋友了。在个人大事上,王小帅很看重奶奶的意见。奶奶说不喜欢,王小帅就给对方说再见,奶奶说不满意,王小帅二话没说就和对方拜拜。

　　这次是见第 N 个女朋友了。

王小帅悄悄问奶奶:"咋样?"

王奶奶说:"就是她了,就是她了。"

王小帅送走女朋友回来,邻居的一位老奶奶拉着他说:"你这个女朋友和你奶奶年轻时候长得一模一样。"

王小帅说:"真的吗,我奶奶年轻的时候这样俊俏啊,难怪奶奶见到她没有二话。"

有一天,王奶奶当着孙儿女朋友的面说:"想抱重孙子了。"孙儿说:"要朋友要朋友,就是要多耍。"孙儿女朋友羞红了脸,狠狠地在王小帅的胳膊上掐了一下,王小帅赶紧改口说:"我们正在商量,一定抓紧时间完成奶奶的心愿。"

王奶奶说:"等你们结婚生子后,我就是死了,都会笑着眯上眼睛的。"

王小帅说:"奶奶的身体这么硬朗,你就等着抱重孙子吧。"

半年后,王小帅和女朋友订了婚。

王小帅和奶奶贫嘴:"我们男女双方经过一百八十多天的相互了解,感情基础已经有了,不像罗密欧和朱丽叶一见钟情玩闪婚,不知心终归是要酿成悲剧的。"王奶奶说:"我老了,不懂得你们年轻人的心。"

双方家长决定,结婚大喜的日子定在中秋过后的第一个礼拜天。

日子越来越近,一家人都在忙忙碌碌准备,等待着大喜之日的到来。

婚宴两家合办,初步统计有四百人参加,按每桌十人计算,要安排四十桌,厨师也请了,准备在小区里的家门口摆坝坝宴。厨师开了一个采买婚宴食材的单子给他们。王小帅过了一下目:猪两只,牛半头,羊一只,母鸡六十只,公鸡五十只,鸭六十只,牛蛙三两重的八十只,草鱼一斤重的八十条,鳜鱼八两重的四十五条,黄鳝刚出来的净重四十斤,其他新鲜蔬菜十几种。王小帅看着,突然冒出这样一个念头,原来办一次酒席,要杀死这么多条生命啊。

川西坝子的风俗,婚宴应包括"花夜酒"和"正席宴"。"花夜酒"又叫"吃花夜",即在大婚日前一天晚上举办,因为这天晚上有一个"拴新郎"和

"拜家神"仪式,其实是古代男子行加冠礼的演变,但更主要的是给新郎"粘花挂红"。晚上还要放烟花。"花夜酒"的菜品种只比第二天中午的正席少一个大菜。"正席宴",俗称"吃九碗",取长久之意。旧时菜品中必备酥肉、墩子和髈,俗称"三大炮"。三道大菜之间必间隔一至两个热菜,如夹沙糯米饭、爆皮、肉丸子汤等。上菜时掌盘师手执托盘高声叫唱:"恭喜发财,酥肉端来;墩子、墩子,早生贵子;恭喜发财,大髈端来。"怕汤水溅到客人身上就喊:"拐子!"最后一道菜喊:"恭喜发财,整(喝)红蛋酒又来。"

当晚,放过烟花,众亲朋好友及街坊邻居正在吃饭,王奶奶也端着碗吃了几口菜。突然,她一下子大声笑了起来,并从凳子上掉到地下。一桌人哗然。有人把她扶起来。王奶奶已经站立不起了。她脸色苍白,眼睛大睁,脚手都在抖动。大家赶快把她抬到里屋平放在床上。一位懂医的亲戚上去把了一下脉,把手放在王奶奶的鼻孔嘴巴上试了一下,摇了摇头说:"王奶奶已经归天了。"

王奶奶的儿子、儿媳这会儿也来到床前,放声大哭起来。

死者为大。当即,放了一挂鞭炮。把红色喜庆的对联撕下,换上白纸黑字,红灯笼也糊上一层白纸。由于是两家人合办的喜事,也不用通知了,只取消迎娶新娘一应事务,改喜事为丧事。

王小帅和准新娘披着孝布,忙上忙下。还上山去看阴阳先生为奶奶选定的墓穴位置。王小帅觉得要砍五棵碗大长势正旺的柏树,还有一株茂盛的七里香和几丛正开花的黄荆树,就建议移动一下。阴阳先生不同意,说移动了对你家后代不好。王小帅没有再说话,寻了一根枯了的棍棒,挥舞着在草丛中打了几下,不知名的小虫四散逃生去了。

埋葬王奶奶一百天后,王小帅的父母重新测了个好日子为他完了婚。婚后,两口子很恩爱,不久还生了个儿子,终于了了奶奶的心愿。

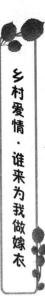

笛子手

安　庆

那个吹笛的人,坐在村口,像一尊雕像。

他是流浪到瓦塘南街的。他到村里时,不知道怎么就迷迷糊糊的,把什么都忘了,翻遍他的口袋也翻不出个能说明什么的东西。他孤身一人,干脆在村子里住下了。时间慢慢过去,他似乎还没有记起他到底从哪儿来,叫什么名字。村里人拼命地提醒他:"你们那儿有一条河吗?你们家门前有照相馆吗?你们家的路是柏油路吧?你们住的地方是不是离公园很近?你们听戏是不是在一个大房子里?是不是……"他都摇头,回答不出个所以然。村里人说:"这是个不傻的傻子!世界真是,什么奇怪的病人都有。"见过世面的人说,他得的是健忘症,机器出了故障,那个管记忆的主要零部件坏了。

坏了?坏了就修不好了?

你能修好你去试试,他又不是一张犁、一张耙、一把镐,或者一截跑水的渠。他慢慢成了我们瓦塘南街的人,有了地,有了一个小房子,有了名分,直到有一天,又有了一个女人。

有一天,我们发现他手里原来是有一根笛了的。原来这个走迷的家伙还是一个爱好文艺的人,那笛子吹得悠悠远远,缠缠绕绕的,挺有韵儿,挺耐听的。村里的老秦,也就是当时的小秦说:"哦,吹得蛮有味儿的。"就像说煮饭煮得好吃,有味道一样。后来,村里人发现这走迷的人,喜欢在夜里吹,在

月光下吹，而且对着庄稼、对着村外的一湖芦苇吹。

音乐往往是迷人的，就有人偷偷地喜欢他的吹了。喜欢一个人往往是从某一点出发的，男人女人都一样。尤其女人，迷上一个人的某一点了不得，所以慢慢就会有人从潜藏中走出来。憋不住了，凡事不可能一直藏得住藏得下去的。吹笛的地方是村外一个苇湖。苇樱你们见过吧，雪样纯白，很醉人的。葱茏的苇子你们见过吧，那势海了。满湖苇子在风中涌动。我们那儿不是水乡，但多年前真的有这么一片苇湖，苇湖边真有这么一个吹笛的人。湖水在月色里反光，星星碎碎地掉进湖水里，湖水里有很多小灯笼，很多的仙人在湖里行走。那个叫桃的女孩先是藏在暗处，慢慢地忍不住出来了，她要和这个吹笛的人交流，她有很多迷惑想说出来。桃那天晚上忽然落进了水里，她拼命地抓着一团芦苇，在苇湖里挣扎，喊着："救人啊，救人啊。"笛声止了，吹笛的人找到了掉进苇湖里的人，顺着喊声跳进了湖里，一把利手把她抓到了岸上。亭亭玉立的一个女孩儿，水淋淋的，小鼻子在夜色里挺挺的，好迷人。

女孩和他说话是在又一天的夜晚。

桃说："你为什么在夜里吹？那笛子上的孔你都看得见、摸得准吗？"

那个人点点头。

桃说："你们家是不是也有一湖水，你是不是也老是在湖边吹笛子，湖里有好多好多鸟儿，还有一艘小船，慢慢地游过来游过去，再慢慢地游远，是吗？"

他没有回答，手握着笛子，脸上的肌肉动了动，好像透出了一层笑。

"你喜欢吹就吹吧，我喜欢听就过来听，我以后不会再不小心掉下去了。"

他点点头。

可是，有一句话被桃挑开了。桃忽然说："吹笛子的小哥，你不迷，你不迷糊，你清清楚楚的，我观察你好久了，你心里很清楚……"

"不，不。"吹笛人这次接话了，连声地说，不，不，不。

"你不迷,真的,你做事做得有条有理,你的心其实很细。"桃不说了,等他说。好久,他握着笛子,听见湖水中有鱼打诨儿,苇叶儿相互地碰着,说着娓娓的夜话,又有几颗星儿掉进了湖里。好久,他说:"我没有,你,你不要这样说,不要……"

桃静静地看他,听夜中的湖水。

桃说:"我不说了,我还听你吹笛,好吗?"

他点点头,握着笛子。

一阵夜风吹过来,满湖的苇樱簇拥着,在夜色里很壮观,不知道有没有夜鸟儿在他们身边,应该有的。

夜,寂静着。

可是,他不再来苇湖边了,苇湖边没了笛声,没有了悠扬笛声的湖多么单调啊。

桃心里不服,在心里埋怨这个人不守信用,他点了头,就该信守承诺的。

桃天天都在湖边等。

等!

有一天,那个人终于来了。那个人说:"桃啊,你不要等了,我不能让你等,你越等我越不来,我不能……"

"你不要我听你吹笛么?"

"不是……"

"那你为什么不来吹了? 为什么要我白等?"

沉默。

后来,桃说出了她想了很久的一个问题:"你是不是在躲一个人,也在等一个人,等他们有一天找到你,和他们离开,离开我们瓦塘南街?"

沉默。

这一夜湖边有了笛声。

笛声悠悠扬扬的,在苇湖间游走,水波荡漾,鱼儿摇动着尾巴游过来,还有虾,苇湖很美。

桃开始坐在村口。

桃相信会等到人,她有感觉。有一天村子里会再来一个陌生人,几个陌生人,他们的身上也都带着乐器。

终于,桃子等到了,走进村口的是两个流浪的艺人,一对父女。

桃把他们领进村,桃又把他们安置好。这天晚上,瓦塘南街有了父女的演唱,老人拉着二胡、板胡,女儿唱了一段又一段,最后,父女俩都掏出了笛子,演奏了一曲笛子合奏。

散场了。

桃子没走,桃子从女子的手里接过笛子,久久地瞅着,摸着笛子的孔,小嘴附上去,竟然吹出了幽幽的笛声。住了,桃子看着他们。桃子说:"我们村里有一个吹笛子的人,你们想见么?"女子抓住了她的手,手有些抖。桃子又说下去,桃子说:"那个人是走迷了落在我们瓦塘南街的,天天夜里在一湖芦苇前吹笛,后来说不吹就不吹了,村子里都想念他的笛声。"

女子惊喜地对父亲说:"爹,我们是不是找到了?爹,快让人家领我们去见他。"

桃子说:"那我们走吧!"

故事是多年以后一个叫桃子的女人告诉我的。桃子说,那父女俩的确是来找吹笛人的,吹笛的人走失后,他们就这样一直找,找了好多地方,最后在瓦塘南街找到了。

那天晚上,桃子带他们去了他住的小屋。小屋里没人。桃子说:"快跟我来。"桃子和父女俩在那湖边找到他,他静静地在湖边吹着笛子,吹着《姑苏行》《鹧鸪飞》。那女子站着,掏出笛子,和着湖边的笛声。

桃子让我看她珍藏的两把笛子,一根是那男人留下的,一根是女子送给她的。然后,她沧桑的手摸住了笛孔,我听见了悠远的笛声。

多少年过去,桃子的头发已经白了。

声声慢

立 · 夏
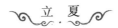

春花和夏风在戏台上是绝配。

夏风是宝玉,春花便是那天上掉下来的林妹妹;春花是崔莺莺,夏风就是玉树临风的张君瑞。才子佳人,珠喉玉貌。夏风的风流倜傥,愈发衬得春花娇柔妩媚,台下的人看着看着,便痴了:人间怎么有这般的郎才女貌,天下无双。

只可惜,到了台下,两人都是女孩儿。

相仿的年纪,天天在一起配戏,恰好言语又十二分的投机,所以她们好得像一个人,不是一件奇怪的事。

十六七岁的女孩,正是多愁善感的年纪,又离家漂流在外,这份友情就显得尤为珍贵。对于春花和夏风来说,对方既是玩伴儿又是姐妹,偶尔还承担着母亲的角色,平时的嘘寒问暖,生病时的端汤送药,这份互相依赖的感情,无人可以替代。

班主秦九打趣说:"这俩丫头,天天腻在一块儿,不知以后还嫁不嫁人了?"

是啊,看惯了台上的那些风花雪月,她们还能看得上现实中的那些男人吗?

春天毕竟还是来了。在墨镇,她们遇到了一个男人。

他的出现非常富有戏剧性。那日午后，春花和夏风得了点闲，就一起去镇上买点针头线脑、点心零嘴。小姑娘喜欢这些小玩意儿，瞧着这也好看，那也好玩，越走越远，就迷了路。两人正东找西问往回走，不想被当地几个小泼皮给盯上了，嬉皮笑脸跟在她们后面，说些不三不四的话。吓得两人额头冒汗，跑也跑不快，躲也躲不掉。

那个男人出现得恰是时候，他一声断喝，那几个小泼皮竟然乖乖地落荒而逃。这一场英雄救美的戏，虽然有点落俗套，但足以让春花和夏风心动，更要命的是那个男人丝毫不比夏风在舞台上演的那些公子逊色，一对剑眉、双目有神、鼻直口方，身材俊逸，举止儒雅有礼。

那人姓李。既然救了她俩，自然充当起护花使者的使命，将她俩送回戏班。他说起戏曲来头头是道，一路谈笑风生，一会儿便到了。夏风双颊羞红，如沐春风，意犹未尽；而春花的一双美瞳更像满嵌着星星的夜空，亮晶晶的。

李先生把俩人送回戏班，恋恋不舍地离开了。从此，春花和夏风就像丢了魂似的，话也少了，心里凭空多了无数丝丝缕缕的牵绊。

在墨镇的那些天，那位李先生天天来看戏，天天坐在第一排，春花和夏风的戏便演得分外精彩。秦九瞧出些端倪，心里不由暗暗着急，这俩人，怎么连喜欢的男人都是同一个，这可如何是好？

四季班终于演完了在墨镇的最后一场戏，要换台口了。春花和夏风帮着把最后一个衣箱搬上小船，两人默默地坐着，只听见哗哗的流水声。她们甚至没有再回头望一眼，那个在黄昏中，渐渐变得模糊不清的镇子。

许多年后，春花和夏风仍然是好姐妹，只是有一件事，她们谁也未曾提起，像是从没发生过。

春天到了，两家相约去周庄旅游。儿孙们跑得快，早往前面去了，春花和夏风两个老姐妹则携着手慢悠悠地在街巷中闲逛，东拉西扯说着陈年旧事。春日晴好，暖风薰香，有两个少女手拉手对面而来，春花说："瞧，多像当年的我们。"夏风说："是啊，这条街也很像墨镇的那条。"

尘封的记忆突然被打开,两人都笑了。

春花说:"当年若不是知道你也喜欢他,我可能就留在墨镇了。也不知道现在的人生会是怎么样?"

夏风说:"是啊。那天坐在小船上,我真有跳上岸的冲动。那时候真是年轻啊。"

远处隐隐传来呼唤声,儿孙们快乐地向她们招着手。悠长的老街,两个老太太手拉手站着,笑容若春风拂面,一如当年……

醉花阴

立·夏

在四季班,能和班主秦九对酌的,唯有冬雪一人。

戏班子每到一处驻扎下来,总有些闲杂人等跑来看热闹。乡下很少有女人像模像样坐下来和男人一起喝酒的,他们看到冬雪端个酒杯,和秦九碰一下,抿一口,眼就发了直,在一旁嘀嘀咕咕地议论。周围的"嗡嗡"声越大,冬雪就越来劲,一仰脖,把酒干了,惹得一帮小毛孩子拍手叫好。待脸上桃红一片,她就会坐在椅子上摇头晃脑地唱上一段。

冬雪开始唱戏的时候,秦九就把酒杯收了,他知道,再喝下去,冬雪就该醉了。冬雪醉了会大哭,秦九见不得大大咧咧的冬雪哭的样子。

秦九当初铁了心不让冬雪进四季班。一来看冬雪人高马大,嗓子沙哑,似乎跟越剧沾不上边。二来看她一身绸缎衣裳,像是大户人家的小姐,怕招惹是非。

冬雪却黏上了四季班。四季班唱到哪儿,她跟到哪儿,帮着拉幕布搬道具,跟班子里的那帮小丫头混得就像一家人似的,到后来个个都为她求情,求秦九留下她。

秦九尚在犹豫,冬雪冷不丁亮了一嗓子,有板有眼,竟天生是唱老生的料。就这么留下来了。

日子久了,秦九试探着问:"逃出来的?为啥?"冬雪先是一愣,然后一扬脖把酒灌进嘴里:"逃婚。"秦九眯起眼:"要你嫁个老头儿?"冬雪把头摇得像拨浪鼓。"那有残疾?"冬雪说没。"是赌棍酒鬼?"冬雪说不是。秦九一拍桌子:"那你逃个什么劲儿?"冬雪也趁着酒劲儿一拍桌子:"我就是不想嫁,怎么了?!"

日子久了,秦九也听说了冬雪的一些来历。冬雪虽然生在大户人家,但从小像个野小子,天天跑出去跟一帮男孩子一起上树掏鸟、下河摸鱼,拦也拦不住。家里人管不住,索性就随她去了。

没人喜欢她,包括她亲娘。她娘是二房姨太太,因为她,在大家庭里备受诟病。终于到了她出嫁的年纪,她爹便找了外省的一户人家,听说家境比她家差些,家规却极严。

那个男人来提亲的时候,她躲在门后偷看,看上去倒也不讨厌。"不过,我一想到要跟这个陌生男人过一辈子,脊梁骨就直冒冷气。"冬雪端着酒杯跟秦九说。所以临出阁前一天,她突然提了个包裹从家里跑了。

"卓文君夜奔当垆卖酒,人家有司马相如陪着,崔莺莺私奔是为了张生,你这样孤苦伶仃一人跑了,风餐露宿,又没个男人在前面等你,图个啥呀?"

"人活着不就图个自由自在,不喜欢的,我绝不凑合。"

秦九默然。

天气越来越冷了,秦九和冬雪一起喝酒的次数也多了起来。那日烧饭打杂的裴婶把冬雪叫去,神神秘秘地说:"冬雪,大喜事啊,有人托我向你提亲。""谁?""班主秦九。"冬雪一愣,呵呵乐了,说:"裴婶你逗我玩儿呢。"

裴婶正色道:"我可不是跟你开玩笑,秦九老婆也死了好几年了,他是班主,嫁给他你可就是班主夫人。"

冬雪说:"别开玩笑了,我跟秦九,那是一起喝酒的哥们儿。"

裴婶说:"不是我说你,冬雪,你也老大不小了,老是这么在外面漂也不是办法。秦九人不错,要再娶个比你漂亮的老婆那还不容易,可人家偏偏对你有意思,你嫁给他,这后半辈子就算安定下来了。"

"我对他没这种感觉呀。"

"女人命苦,能找个可靠的男人已经是上上大吉了,他天天陪你喝酒,又聊得这么投机,你就知足吧。真不明白,你到底想找个什么样的男人?"

冬雪说:"若我能凑合,早在那户人家当太太呢,又何苦跟着戏班子走南闯北。"

后来秦九娶了亲,很少再看见他跟冬雪一起喝酒了。

冬雪还是照喝不误,喝多了,就摇头晃脑地唱上一段。唱酒的时候,她并没穿戏服,但双手舞动起来,似乎能看到风的线条……

花盖头

红 酒

　　风刮得邪乎,远处的哭声被风扯得若有若无,夜黑得像扔在墙角里的那只乌盆,桌上的油灯被透过来的尖尖的风吹得东摇西晃,屋里人的脸忽明忽暗,分不出个眉目来。

　　黑子抱着头蹲在炕沿前跟个没嘴葫芦一样不出声,许久,才站了起来。于是,一干人拥着黑子来到上房。

　　床上躺着的女人叫蓝花花,人消瘦得不成样子,一双失神的眼睛空洞黯然。那曾经是一双多美的眼睛啊,黑子难过地背转身,不忍再看。

　　蓝花花蒙着花盖头嫁到槐树洼时才十七岁。槐树洼的老老少少惊讶地说从没见过绣花盖头,那盖头一边龙一边凤,花团锦簇,金灿灿地晃人眼。早先,隔壁二娘嫁过来时,很风光了一阵子,可还是红绸盖头呢,这个蓝花花居然别出心裁亲手绣个龙凤盖头来。

　　新人拜罢天地入洞房,摘下花盖头的那一瞬间,村里人眼都直了,说这么标致的人儿,像是从画上飘下来的,二娘拍着巴掌说蓝花花那张脸像熟透了的水蜜桃。

　　蓝花花嫁的这家人在村里算是个殷实人家,有骡子有马,有房子有田。女婿是个读书人,平日不怎么沾家,即便是回来了,也和蓝花花说不上三句话,只晓得捧着书依在炕头上看。

　　人家少年夫妻总会有个打情骂俏的时候吧？可蓝花花嫁的这人好像不会，一天到晚板着脸跟谁欠他几吊钱似的。蓝花花不知道该怎么做才能让那人看她一眼，二娘说自己这张俏脸像水蜜桃，水蜜桃就这么招自家的男人不待见？蓝花花觉得委屈。

　　婆婆边做饭边对蓝花花说："小两口没事也出去走动走动，去南沟看看你二舅，去后营瞧瞧你大姑，整天惉家里看那闲书有啥用？"蓝花花就回到屋中，轻言轻语原封不动地把婆婆的话说给女婿听。那人听了，把书从脸前移开了些，不屑一顾地瞟了瞟蓝花花，说："啥闲书？你不懂。"蓝花花不认字，被女婿一番抢白，脸红得真跟个水蜜桃一模一样。

　　新婚还不到仨月，那人突然不见了。起初，蓝花花以为他忙得顾不上回家。可小半年过去了也不见踪影，蓝花花的心提到了嗓子眼儿，背地里老抹眼泪。

　　这天，暮色重得拎不动，南沟的二舅失急慌忙来了，进门瞅见蓝花花顾不上招呼就直接拉着姐姐姐夫进了屋，关了门说话，好一阵子才出来。蓝花花的婆婆红着眼圈儿说："看闲书看傻了，不要爹不要娘，新娶的花媳妇也扔下不管，说是跟着大胡子司令打鬼子去了，怕家里阻拦，偷偷走的。"

　　蓝花花刚过门儿，今后的日子咋过，那人没交代。蓝花花忍不住哭了，哭得天昏地暗。哭够了，才对二娘说："他心里没我，我不怨，可他是独子，咋着也该给爹妈言一声吧？"

　　黑子是蓝花花婆家的远房侄子，父母在世时给黑子张罗过一房媳妇，后来人家嫌黑子穷，趁黑子去山里收购粮食时，跟个走街串巷的货郎跑了。黑子一人吃饱全家不饥，就没心思再娶了。

　　蓝花花嫁过来的那天，黑子跑来帮忙，新媳妇敬完酒转身回房，却与黑子撞了个满怀。蓝花花羞得满脸通红，慌乱中瞟了瞟眼前人，不看则已，一看大惊失色，这个叫黑子的叔伯兄弟跟新郎官如此相像，只是黑子比自己的男人稍高些。黑子也窘得不行。当晚，黑子躺在自家炕上，脑子里全是新嫂嫂的身影，赶也赶不走。

日子不动声色地过着，公婆相继过世了，偌大的院子空荡荡的，方圆左近的轻薄子弟开始瞄上了蓝花花，深夜轮流在她家窗户底下学鬼叫，扔砖头。吓得她整宿整宿不敢睡觉，流着泪拥着被子坐到天明。

黑子总是默默地帮蓝花花，夏收夏种秋收秋忙，时不时搭把手。西坡顶那块地该翻了，蓝花花的娘家兄弟来帮忙，五更天，蓝花花和兄弟踏着露水来到地边，却见地被挖了一大半了，黑子光着脊背，把钢锹深深地蹬下去，一使劲儿，一大块油乎乎的土像盛开的花翻了上来。看见蓝花花，黑子只会嘿嘿傻笑。

隔壁的二娘时常相劝，说有个男人帮衬着，也不枉来这世上一遭。蓝花花也晓得黑子的心事，可她面对黑子时，却总说自己的男人没准儿哪天会突然推门进家，一偏身坐炕上斜倚着看闲书呢。

一天晌午，黑子来蓝花花家还牲口，把缰绳放在蓝花花手里时，黑子突然说："花花嫂，你怎么生出白发来了？"蓝花花下意识地用手捂住头说："黑子兄弟，腊月十七我就满四十了，四十岁的女人豆腐渣，白头发还能少呀？"说完泪珠涟涟，怕黑子笑话，赶紧把脸埋在手掌心里，瘦削的肩膀抖得像秋风中的叶子。

就是这个让黑子一辈子心疼的女人，如今三魂六魄即将远去，黑子伸出手，撩起了遮在蓝花花眼角边的一缕头发："花花嫂，你还在等？等那个让你守一辈子活寡的负心人？"

蓝花花凝神注视着黑子，泪水从眼角滑下，她使出全身力气指向炕头的黑漆描金花木箱。黑子迟疑着将箱子打开，一眼看见的是龙凤花盖头，鼓鼓囊囊的，不知包的啥。解开来看，是一双又一双崭新的黑布鞋，每双鞋子的右脚要比左脚宽出一分来。黑子右脚是个六指，这些鞋他穿起来正合脚。

黑子心里明白了，他把龙凤花盖头轻轻地放在了蓝花花散乱的青丝边，抱起那些鞋子，泣不成声。

蓝花花将花盖头紧紧地抓在了手中，原本空洞无神的眼睛里倏地闪过一道光芒……

部落歌者

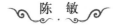

陈 敏

那年，我在秦岭山中跋涉数日，寻访一个"有思想"的知青部落。在一个名为三要的地方，我碰见了一个人，他唱《走西口》，唱哭了一村子男女老少。

我不得不停下脚步，审视这个歌者。

他是个低矮的男人，长着一张瘦削的脸，颧骨高耸，眼珠子向外凸着，猛一看怪吓人的。

于是，便从一个老乡口中得知，那个"有思想"的知青部落就存在于此。当年，那个伴随牛奶一起从山林里汩汩流出、滋养着整个知青界的牛奶场已是人去林空。那些挤奶的"有思想者"已经出山，有的成了学者，有的当了专家。

他是个流浪歌手，也曾是部落中的成员。没有固定住处，蹲过牛棚，坐过监狱，身体由于遭受过度摧残已经畸形。这里有他的亲戚，他常年来此养病。

当年，由于他歌唱得好，能让一些动物着迷，于是被定为"牛鬼蛇神"。腿都让人打折了，手也不灵活，吃饭夹菜都不方便。以前，他的一双手又细又长，能拉一手美妙的小提琴。现在看来是不行了。不过，牢狱之灾没有毁掉他的嗓音，他的歌声依旧动听。他一路沿黄河边唱来，他停下的地方，只要有歌声，水里的青蛙就会探出头来听。他唱的每一首歌都悲壮凄婉，人听着听着就会禁不住地落泪。

老乡的话，让我禁不住走近他，当晚就和他住在同一个小客栈里。

可一到晚上，他就出奇地安静。他沉默着，一声也不唱，让我丝毫没有办法领悟他在唱歌方面的天赋。他没心思给我表现吧。这个我不怪他，他瘦削的脸让我心生怜悯，他喋喋不休的嘴巴发出的声音不是唱歌，而是唠叨。他给我唠叨情感故事。他说他躲在这个部落，就是想让她容易找到他。他坚信她一定能来。

他说的那个"她"在他语言的描述中活灵活现地展现在我眼前。

她是他插队时偶遇的某县剧团一女子。在一次文艺会演中，他们俩合作的《走西口》唱哭了在场的每一位观众。在舞蹈表达上，她比他更注重风格与气质。她甚至能光着脚丫在田间地头一连舞蹈数小时不停歇。

在他的单身牢房里，她偷偷用舞姿抚慰他，那是他们俩独有的语言。在那个特殊的年代，只有他们俩才能懂得其中的真谛。不过自从他被绑，拉进刑场假枪毙后，她就再也没有出现过。他说她一准被吓着了，或者以为他已经死了。

说到这里，他稍作停顿，便坚定地转折："我非常挂念她，你知道她在哪里吗？我很想见到她！"那不可遏止的激情与突然提高的语调几乎是叫出来的。他的眼睛愈睁愈大，两个眼珠子似乎要迸射出来。那种神情很快又变成了一种坚毅与刚强，如同决斗前的神态。

那一夜，我们俩男人抵足而眠。他一直捏着我臭烘烘的脚指头，一夜都没丢手。

林区空气异常地好，我一夜无梦。黎明时分，一阵低沉的歌声让我在迷迷瞪瞪中睁开了眼睛。那是我一生从没听到的一种声音，它来自灵魂深处，超越了任何一种语言所能表达的情感。

我正在领悟其本质的时候，他突然停了下来，发问："听说，每天为你牵挂的人唱一百遍歌，她就会有所感应。你相信这一事实吧？"他坐了起来，目光盈盈，如柴般的手指紧紧扣住我胳膊。我的眼眶顿时盈满了泪水，憋得鼓

胀鼓鼓的。

　　我得离开他。心里顿时沉沉的，想不出安慰他的话，只是敷衍着，她一定能来找他。

　　若干时日后，我还真的打听出了那个歌者心中的女子，而结果却是我不曾料到的。她嫁了人，有了孩子，她对他的记忆很模糊。或许，他在她心里只是她在舞台上的一个搭档，戏演完了，幕就谢了。而他一直没走下舞台。

　　他是否还在唱着人生的独角戏呢？或许，依然藏在秦岭的密林中看星星。秦岭天空里的星星，格外明亮，格外大，而属于他的究竟是哪一颗呢？

胭脂黄昏

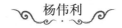

杨伟利

　　二奶奶说,她当年嫁过来的时候,十根手指像嫩葱,三寸金莲,穿的是手工做的高底鞋。

　　有时会说得多一点,就是对她当时的衣着补充一番,比如她的红嫁衣料子多么好,她乘坐的轿子是西关大街上有名的轿行里的轿子,她在走出轿子时,偷偷掀开红盖头偷看了她的女婿。

　　而我,总也想象不出二奶奶穿红嫁衣的模样,因为在我的记忆里,她只穿黑衣服,扎黑头巾,穿黑鞋子。她的手也不像嫩葱,而是像枯枝,像风雪天里颤巍巍发抖的枯树枝。指关节处叠着又深又黑的褶皱,拿东西的时候,半僵硬地伸展着。

　　只是她的十个手指甲很鲜亮,特别是在胭脂花开的季节里,染得鲜红油亮,像镶嵌了十颗红玛瑙。那漂亮的红色是二奶奶身上唯一美丽的色彩。那种色彩染在二奶奶的手指甲上,与黄昏里残血般的夕阳和院子里那株只在傍晚开花的猩红的胭脂花十分相似,艳丽得寂寞、冷清、苍凉,还有些可怕。

　　"我爱种胭脂花。"春天,二奶奶总爱自言自语,踮着小脚拿着小铲子,在檐下那块并不适合种植的地面上刨土,十分认真地埋上胭脂花种子。而那些种子也从不辜负她,如期在盛夏开花,一直开到深秋。那红艳艳的胭脂花

总是在百花凋残之后才开始凋谢,当瓦房顶成排的瓦松挂上霜花的时候,它残败的叶子里还会偶尔藏着那么零星的一朵两朵,露出一点醒目的红色。在那个满是青砖灰瓦的小院里,猩红的胭脂花和采花的二奶奶是难得的风景。每到傍晚时分,夕阳西下,胭脂花开始盛开,无所保留地绽放所有的花苞。这时候,全院子的风箱都拉起来了,炊烟袅袅。所以,胭脂花在我们的小院里,除了二奶奶叫它胭脂花,其余的人都叫它晚饭花。

晚饭花开了,二奶奶却不忙做晚饭,而是专心采了花去染指甲。胭脂花开的季节里,对二奶奶来说,采下花朵,用胭脂花鲜艳的汁液染指甲比吃饭重要。采花的二奶奶,很容易让人想起"采花人"这个称谓。过程非常优雅:她先是洗了手,并不擦干,甩着手上的水珠儿,在花前蹲下,但神情忧郁;然后用滴着水珠的指尖将整株花的花冠托起,脖子往后靠,眯起老花的眼睛细细地端详一阵。接着伸长脖子,把眼睛眯得更小一点,将鼻子凑近花朵,忘情地嗅一嗅;再然后,跷起兰花指掐上一朵,怜惜地塞进掌心,再掐第二朵、第三朵。我喜欢她的花,也喜欢看她采花。这种时候,我总是站得离她很近,近得能清晰地看到她黑色的斜纹衣衫的衣领上洗得发白的布丝,还能嗅到她的白发上散发的皂荚的清香味。还能看到她微微颤抖的枯枝一般的手,竟然能跷成非常漂亮的兰花指。她细细地数着采下的花朵,十朵花,每晚只掐十朵花,就足够把十个指甲染一遍。她说,晚上染了指甲,夜里睡醒的时候,满屋子都会飘满花香,连梦都是香的。若是用胭脂花染了一个季节的指甲,这花香便能延续到冬季,即使白雪封了门子,十个手指头还是香的,花香四溢。

我们的小院是一个古老的小院,院墙上裸露的墙砖上有明显的秦砖汉瓦的标记,证明着它的古老。二奶奶住在南屋里,那间屋子窗子很高很小,几乎不见光亮。门很深,像一口深不见底的枯井。虽是夏天,黄昏里二奶奶出出进进的身影,依然会带出一种阴冷的凉气。

一个黄昏,院子里很静,静得出奇,几家人的风箱很奇怪地在那个傍晚没有拉响,院子上空也没有炊烟。这个时候,二奶奶拉开了那扇吱呀作响的房门，她该采花了。她依然是黑衣黑裤，从那扇黑井一样的门里走出来。那天是个火烧云，残阳如血，我独自站在寂静的院落里，忽然间感觉莫名的恐惧，感觉二奶奶像是从某个洞穴里走出来的怪人。而她那间屋子，比任何时候都更像洞穴。

我几乎是打着哆嗦问二奶奶："奶奶，你一个人不怕吗？"

我的表达并不到位，但二奶奶却明白我说什么。她先是很平静地笑着看了我一眼，然后摇头，再然后慢慢伸出双手，认真看她的十个手指甲，像是对着指甲说话。她说："怕？不怕。"她说她在这间屋子里住了六十年了，没什么怕的了。她说，一直住下去，她会成仙的。她说将来做了仙女，她就做胭脂花仙子，穿像胭脂花一样鲜亮的衣服，擦像胭脂花一样鲜亮的脂粉，那时候就会满身都是胭脂花的香味儿。她说做了仙女，就能飞出家门，飞上天去，飞到很远很远的地方，想飞哪里就飞哪里。后来我听大人们说，二奶奶嫁过来的时候就住这里，开始是和女婿一起住，因为女婿大她四十多岁，刚脱下红嫁衣便只准她穿黑色的衣服，不许她擦胭脂，不许她和人说笑，不许她走出大门。三年后，老女婿过世。那年她十九岁。但还有公婆，公婆看她看得更紧。后来公婆过世了，她就一个人住，已经习惯了。

忽然，二奶奶脸上露出神经质的笑容，她笑着对我说："我爱种胭脂花，你看看，奶奶的指甲每年都染得很红，几十年没间断过，你不知道有多少人羡慕呢。"

她将那十个鲜红的手指甲伸到我的眼前。它们紧紧地攥在一起，像一堆小火苗，在她黑衣黑裤一片黑色的背景上燃烧。而她那双枯枝般的手指，却不住颤抖。

黑衣黑裤，红色的指甲，如血的残阳，洞穴一样的南屋，二奶奶神经质的笑容，院里奇怪的寂静。无论二奶奶露出怎样的笑容，表情如何平静，那个黄昏，依然让我满怀恐惧。

我说："二奶奶，我怕。"我固执的恐惧让她很失望。她转过身，默默地审视着自己鲜红的指甲，依然是踮着小脚，再次在那株盛开的胭脂花旁边蹲

下。一朵，两朵，她摘下花朵。我明白，那晚二奶奶摘花的时候，她是恍惚的。因为摘花前，她忘记了洗手。

　　就在那个夏天，二奶奶病重。她临终前，我第一次随大人们走进了她那间洞穴般的屋子。她躺在一张古老的雕花床上，光线微弱，被褥潮湿，但她表情安详。她让来看她的邻居把蜡烛点上，把屋子里照得通明。然后，让人帮她从一个很深的箱子里找出一个布包，一层层地打开，她说，那里边有一件她绣好的胭脂色兜肚，找出来给她穿上，她会成仙的。那个兜肚上，绣满了胭脂花。

白荷花

秦·辉

我上五年级那阵儿,无师自通地学会了画画。

那时,我整天躲在西屋,对着一些杂志的封面和插图临摹。她总是眯着眼坐在炕头上打盹,从不打扰我。

那天,我看到她盖的被子怪好看的,就照着画了一幅凤凰戏牡丹,然后用蜡笔涂了,平展在炕上。她慢慢地凑了上来,平日混浊的眼睛放着光,问:"丫头,是你画的?"我点头。又问:"以前都是黑的,这个咋红红绿绿,枝是枝叶是叶的这么热闹?""是用蜡笔涂的,这个还不好看呢,要是用国画颜料涂起来才鲜艳呢!"她用手轻轻摸索着牡丹嫩黄的花蕊,说:"咋不用那个涂呢?"我拨开她的手,她的手很胖很粗糙,据说长这样手的人很笨,很拙。她便如此,做不好饭做不来手工活。我说:"那种颜料咱这没卖,人家二焕是她姑从天津捎来的。""那咋不让你娘老子出去给你买呢?"我把画卷起来,没理她。让他们去买,这不是找打吗?

周末,姐从单位回来,跟妈在外屋絮叨,好像是死了爷们儿的同事耐不住寂寞偷人时被捉。姐说:"男的还在女的身上就被逮住了。"妈叹口气:"那女的也不容易呀。"她大约听到,在灯影里骂一句:"臭肉。"然后铺了被子歪头躺下,在黑暗里翻转着身子。

隔壁的王三奶奶死了,送葬时孝子孝女跪了一大街,哭丧的唢呐吹翻了

天,我瞧完热闹回家,她也搬了小杌子随在我后面。进了院,我拿树枝追院子里的小鸡崽,她就坐在太阳下,并不像平日大声地训斥我,只是一语不发。等我满头大汗地回屋,她也跟了进来。

我拿纸准备画画,她突然说:"丫头,给我画张吧!"我问:"你要画做什么?"她的嘴哆嗦了一下,脸上的皱纹也跟着紧了紧,她含糊着并未答话。我问:"画什么?"她说:"画荷花。两朵。一朵大的,一朵小的,两片叶子,一个在下面,一个在高处。画小点,像你巴掌这么大就行了。还有,叶子翠绿,荷花要白色!一样的要两张。"

我不解,问:"干啥画这样小还要两张一样的,还有粉红色的荷花才好看啊。"她很坚决说:"丫头你不懂,一定要白的,白的干净。"

我先用铅笔画出轮廓,再用碳素笔描黑。然后拿了两块姐捎回来的酒心巧克力到二焕家,换来了国画颜料。二焕追出来,说:"你可仔细着用。"我嘴上说:"行。"心里想,才怪。涂出来的荷花果然特别,叶子翠绿,花瓣粉白。那白,干干净净,像什么也没有。

她一直在旁边看着,我涂完颜色,把画放在桌上,她两眼一眨不眨地盯着那四朵洁白的荷花,喃喃自语:"白荷花,白的……"

后来,她执意要回自己的家。我拎着她的小鸡崽送她到车站,她一只手掩着藏青色的偏襟夹袄,一只手用手帕捂着鼻子,两只小脚生风样走在前面。

她走后我再也没见过那幅画,一直到那天。

那天,有人捎信来,说她病了。下午,爸和妈去了她家。我放学回来,见门口围了一大群人。二焕挤到我身边,兴奋地说:"你家死人了。"

我来到西屋,她躺在炕上,紧闭着眼睛,灰白的头发胡乱散着。好多人都围着她,给她脱衣穿衣。在拉拉扯扯中,我竟然看到了那两幅画。它们粘在她的鞋子上,那双鞋子我见过,妈缝的,记得我还问这是缝的啥鞋,花里胡哨还带唱戏的红绸子。妈说是送老用的。我问啥叫送老,妈说你长大就懂了。那画沿图案轮廓剪下来粘在鞋尖处,两朵荷花,一朵大的,一朵小的,两片叶子,一个在下面,一个在高处。叶子翠绿,荷花洁白。

她是我的姥姥,妈五岁时,姥爷舍下母女俩远走河南,后寄回一纸休书。她誓死不走,在一间不足二十平方米的土坯房中,从青丝守到白头。

黑匣子

秦 辉

我放下书包，将灯点亮。她照样坐在炕头的黑影里，瑟瑟地摸索着。我知道，她又在摆弄她的黑匣子了。

从我记事起，那个黑匣子就常年放在她炕上的枕头旁。匣子漆黑锃亮，长方形，顶部雕着好多花，那些花被她摸得没了形状，一点儿都不像花了。黑匣子用一把金黄色的铜锁锁着，钥匙在她放衣服的大木箱里。姐妹几个，她最疼我，可也从没让我打开过。

有一次，她在外面晒太阳，姐鬼鬼祟祟地趴在窗台上向我招手，我进屋。姐趴在我耳朵上让我放哨她拿钥匙。我不干，姐就骂："不信你个死丫头不闷事儿，肯定是早瞧了里边儿的东西。"我推开姐："你瞎说，连妈都没看过里面是啥，我哪里能瞧到。"姐叹口气，这倒是真的。

确实，除了她，那只黑匣子从没人打开过。妈说，这个黑匣子是在姥爷去河南的第六年，也就是妈十一岁时，她才有的。只知是别人留给她的，至于里面是什么是谁给的，她都没跟妈提过。

我到灶间拿了一个窝头，放了一筷子虾酱，又折了一根大葱。一边吃一边摆弄姐给我的那些邮票。

灯影里又传来她的嘟囔声："丫头，那人真像你姥爷啊，那鼻子那眼那会笑的嘴角。"我继续吃我的窝头，继续看我的邮票。"真的，丫头，太像了，是你姥爷他回来看我了……""别说了!"我狠狠地咬掉一口窝头大喊道,"这些我都背熟了,不就是你只做过一次贼,因为我妈在炕上饿得哇哇大哭吗?然后你摸黑去了大屋的偏房,偷了两个菜团,不就是你走时踩到他了吗?他长得跟姥爷一模一样,浓眉玉面,嘴角翘着总像在笑,不就是他受了伤,你把他拖到墙旮儿,盖上草席,拿菜团给他吗?不就是他活了命,给你留了张条子吗?说去台湾,你倒是找他去啊。你去啊。"

她并不辩解,只用手哆哆嗦嗦地去拿了匣子,说:"丫头,你不懂,我早晚要走的……"

我不知她所说的走是去哪里,去河南找姥爷还是回她自己的家。

姐要出嫁了。前一晚,送走了亲朋好友,妈收拾着亲戚们送的点心、糖果和布料。我跟姐躺在炕上瞎说话。姐说:"妹,你觉得那个黑匣子里装的是什么呢,是不是金条和洋钱啊。"我说:"你出毛病了吧,要真是也早用光了,你不知那时妈她们过得多难吗?"姐说:"也是,大姥姥、三姥姥每天骂糊涂街,那些脏心烂肺的舅们更是往外撺,她们要是有钱早搬外边儿去了。"妈把我拉起来:"别瞎猜了,快睡去吧,明天还得起早呢。"

迎亲的队伍天不亮就来了,姐的嫁妆都贴着鲜红的喜字,被面红红绿绿的煞是好看。我穿梭在人群里,好不快活。妈说:"快去换你的新衣服。"我跑到西屋,发现她坐在炕头,从一团乱蓬蓬的线里找线头,她的头深深地低下去,几乎要钻进那团线中去了。我问她咋不出去瞧热闹,她说:"丫头,我是半边儿人,出去不吉利。"

后来,我问妈啥叫半边儿人。妈说,就是两口子,缺了一个的。

姐到底没看到黑匣子里面的东西,姐带着遗憾离开了。姐出嫁后的第十天,她回了自己的家。不久,她病了。妈和爸又把她接了回来。

她的病好像很重,好多人都来了,忙里忙外的。姐也从婆家赶了回来。

黑匣子随她的衣物全都扔在柜角上,那把钥匙从一件藏青色的夹袄中垂落下来。姐从人群里出来,背着身飞快地把钥匙抽出来放在衣袋里,用夹袄把黑匣子裹了,然后把我拉到了没人的地方。

我和姐兴奋得满脸通红,姐把钥匙插入锁眼。黑匣子开了。

匣子里层也是黑红色的,光滑细腻,匣底放着一张四四方方的纸。

我和姐展开,上面是一些字,很模糊。只能看出那两个最大的,"休书"。

左面的年代,已经远得看不清了。

小镇爱情

秦·辉

　　我逮到那只芦花鸡，刚把它摁在地上，就听到二焕在门口杀猪样地喊："出来啊，出来啊，李玉坤出摊儿了，糖拔子买不买啊？"

　　我放了芦花鸡，抹掉手上的鸡屎。

　　这段时间，我迷上了玩小人游戏，就是把糖纸折成长条形，然后把一头拧弯折成小人的形状。颜色花哨的做女子，好看的唤小姐，次之称丫鬟，黑的白的当男人，板正的为公子，次之叫书童。当时只玩两个剧目。其一《西厢记》中的张生会崔莺莺，其二是《精变》中傻公子追小翠。可那日，二焕却拿出一个头上插了通红通红鸡毛的小人，非要演哪门子《穆桂英挂帅》。我白她一眼，说："你腚上都长尾巴了，还穆桂英呢？"二焕并不恼，抻抻那根红鸡毛道："你懂个啥，这是元帅的雉鸡翎，雉鸡翎一抖，杏眼一翻，要多威风有多威风。"哼，我知她娘又在家翻腾那身戏服了。她娘不就是在镇上的戏班子唱过戏吗？不就是演过《穆桂英挂帅》吗？

　　可那根红鸡毛的确好看。于是，我踩着鸡屎钻进鸡栏来，左找右找，除了黑便是黄，就是没有一根通红通红的。我索性拿玉米秸把窝里的鸡都给捅了出来，逮住那只芦花鸡，没有红的就用它了！正想拔几根，就听到二焕叫了。

　　二焕手里拿着块糖拔子，站在我家门口。我问二焕："你的鸡毛在哪儿

弄的啊,我家咋没有啊?"二焕看着我头上沾的鸡毛,笑得跟抽筋了一样:"咯咯咯,你咋恁傻,哪有那种红鸡啊,鸡毛掸子上扯的!甭说红的,想要啥色的有啥色的,咯咯咯。"我踹她一脚:"呸,你笑呢,还是母鸡下蛋呢,早不说,害我钻鸡窝。"她手里的糖拔子已经从黄色变成了白的,我问她:"多少钱一块儿?你买了几块儿?"她啪啪地拍着口袋:"李玉坤给的,三块儿,没收钱。"我说:"你长得俊是不?他咋总送你,不送我?"二焕瞅着我说:"谁知道呀,可能是嫌你眼儿太小了吧。"

我走到里屋,姥姥正在炕头打盹儿。我轻轻地掀开炕席,翻出一毛钱。

街上人不多,三三两两的。果然,李玉坤的摊儿已然摆好了,他闺女正推着空车往家转。他的摊儿就在我家南屋的向阳处。这是十字街上最好的位置,为了争这个地界儿,他跟卖瓜果的老王头都掐了架。

我跟二焕蹲到摊儿前来,李玉坤坐在蒲团上,套个棉坎肩,戴着瓜皮帽,手里握着长烟斗,嘴里哼哼地唱着戏。听妈说他以前是戏班的头儿,后来因为犯了事儿,让人给撵回来了。说那事儿挺臊人的。我咋问妈也不说。他前面架了一张木板,上面放着三个瓷盘。一个是用萝卜熬成的糖拔子,一块一块的长方形,很整齐地摆着,下面是白粉样的东西,为了不粘到盘子上。第二个盘里是欢喜团,就是用大米、小米跟糖稀粘在一起团成的小圆球,有单个的,有几个穿成一串的,有的点了红色的点,有的点了绿色的。第三个是糖稀,放在一个大盆里,很平整,还没有开张哩。

看到我们,李玉坤不唱了,问二焕:"咋又回了?"二焕没理他。我们东瞧西瞅,对每块糖拔子和欢喜团评头论足,实在忍不住伸出手去……还没等摸到呢,他的烟斗就伸过来了:"丫头,莫拿,莫拿。"这老头儿,眼还挺尖的。我把手缩回来:"大爷爷,你也送我块糖拔子吧。"李玉坤把头摇得像拨浪鼓。"那你咋送给二焕呢,还三块儿,我要一块儿还不行啊?"李玉坤嘴里哼哼地唱着:"你跟二焕可不能比。"我往前拉了拉二焕:"我咋就不能跟她比?大爷爷你看,她是闺女我也是闺女,她上小学我也上小学,她的眼比我大,可我的嘴比她大呀。"李玉坤笑了:"你这鬼丫头,说话像蹦豆,快拿一块儿吧。"我忙拣了块大点儿的,把兜里的一毛钱往下搵了搵,跟二焕坐在他旁边的石头上。

"大爷爷,大奶奶怎不在家?听说是你把她气跑了,有这事儿不?"

"丫头,净瞎说,再说把糖拔子还我。"

"别啊,我也是听大人说的。大爷爷,我还听说,大奶奶想接你去享福,你硬不去。要是你闺女找了爷们儿,谁管你呀?"

"在这里摆摊儿,能瞧见心边儿上的人,做自个儿愿做的事儿,不也是享福吗?闺女嫁了,自己管自己呀。"

"啥叫心边儿上的人啊,我们不是坐你旁边儿吗?要不,我当你闺女吧,有糖拔子吃。"

"你给我当闺女?行啊,天不亮你就得给我做饭,没擦黑你就得给我端洗脚水,冷了给我做棉袄,热了给我呼扇子,能不?"

"不能不能,怪麻烦的,我不当了。"

我忙拉了二焕跑,刚站起,就看到二焕她娘从我家屋山拐了出来。二焕躲到李玉坤身后,她娘还是看见了。急着脸过来抓了二焕的手就走,一边走一边骂:"你个死丫头,说不让你往这儿凑你偏凑,再让我看到吃糖稀、糖拔子,我把你嘴缝上。"二焕大哭起来,糖拔子也掉在了地上。李玉坤望着她们的背影叹着气,脸色阴沉下来。

我忙把手里的糖拔子胡乱塞进嘴里,跑回家。跟姥姥说起这事,姥姥说:"放着好日子不过,李玉坤的魂让人牵走了……"

其实,这些都过去好多年了。

好多年后,我回家。跟妈去我家老屋,路过一个院子。院子里面破旧得不像样子,靠墙边放着一只大磨盘。我问妈:"这是哪家?"妈说:"亏你小时候总白吃人家的糖拔子,这不是李玉坤家吗?"我问:"人还在吗?"妈说:"早过去了。闺女嫁人后,被老伴儿接了去,不到一年就病死了。"

挑山的女人

卜 伟

"女人歇歇嘛。歇不得,火塘里的火怎灭得?"每天清晨,宝华山上和着鸟鸣声的还有一个女人悠扬的号子声。女人叫王荣美,宝华山的一个挑山工,唯一的女挑山工。

宝华山的台阶共有三千二百一十八级,王荣美走了二十年,每一级台阶都像自己生命的一部分,她清清楚楚。二十年里她挑山用的扁担磨坏了三十二根,三十二根扁担在她肩膀上印下了两个深深的窝。

王荣美在二十五岁时做了挑山工。二十五岁的王荣美经历了她生命中最残酷的一次变故。这一年的秋天,她的丈夫去世了,留给她一个两岁的女儿。二十五岁的王荣美还很年轻,她没有听从亲戚们的意见:"把孩子留给爷爷奶奶,自己再嫁人。"她选择了和孩子在一起。作为母亲,她有责任让自己的孩子生活得好一点。为了多赚钱,她毅然地拿起扁担,成了宝华山上的挑山工。和男人们一样,每天一趟趟地把百把斤的东西从山下挑到山上。

挑山工的活儿无疑是很苦的。王荣美第一担生意是为山上的饭店挑一台冰箱。这活儿,男人们挑都吃力,王荣美硬是咬着牙挑了上去。饭店老板对她直竖大拇指。这之后,饭店里的东西老板几乎都找她挑。王荣美不仅挑货,也挑人。那天,有个二百多斤的胖子刚爬了几十级台阶就累得气喘吁吁,想让挑山工把他挑上山。男挑工们看那胖子体形硕大,没人愿意挑。胖子拿出几张老人头,男挑工们还是有些犹豫,王荣美跑过去接了这单活儿。王荣美的体重才一百出头,身后背着个庞然大物,这样的场景无疑有些戏剧性,山上的游客纷纷向他们行注目礼。王荣美在路上歇了四次,被游客围观了四次。有游客问:"你们拍什么片子? 背了这么远,真实感太强了。"还有人把胖子误认为香港的演员,要签名合影什么的。没到半山腰,那个胖子就不好意思,自己下来走了。

有个雨天,王荣美给饭店送鸡蛋。雨天山路滑,走到半山腰,王荣美踩到了青苔上,摔了下来,脚骨折了。疼死了。她疼的不是脚,而是要赔饭店的鸡蛋。

在半山腰卖水卖饮料的大周把她送回家。大周要送她去医院,她咬着牙不去。上医院又要打针又要上石膏的,要花多少钱哪。她自己用袜子把脚裹起来,疼得实在受不了就吃点止痛药。她半个月都没能下床。最后,还是大周请医生来,脚伤才慢慢好起来。脚摔伤这些天,一直是大周来照顾她,这几年也都是大周在帮助她。她心里清楚,要是没有大周,这些年她会崩溃的。

女儿已经上高二了,每次看到大周来脸都冷冷的,好几天都不和她说话。这成了母女俩的一个心结。

又一年的夏天,女儿高中毕业要上大学了。王荣美上山的次数比以往还要多。女儿的学费就靠着她一担一担地攒下来。山上饭店重新装修,王荣美就一趟趟地为饭店挑建材。其实,她原本不需要这样辛苦的,大周那天已经把学费拿来了,却被女儿扔了出去。她一巴掌打在女儿的脸上,这是她第一次打女儿。

第二天,她没有上山。女儿知道妈妈是真的生气了,这些年有头疼脑热的小病,妈妈都不会耽误上山的。女儿是个倔脾气,赌气拿了她的扁担挑东西上山。没挑到一百级台阶,就累得不行,眼泪在眼眶里打转。

回家后,女儿看见床上有条新裙子,她知道是妈妈买给她的,妈妈要挑多少天才能赚到一条裙子的钱哪。她鼻子一酸,眼泪不争气地掉了下来。本来赌气不和妈妈讲话的,却不由自主地又跑到妈妈的房间。

去学校报到的那天,她对妈妈说,妈:"你太苦了,让大周叔帮帮你吧。"

舒　坦

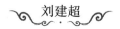

刘建超

下井。

挖煤。

铁笼子轰隆隆下沉把头顶的一片天缩成了脸盆。

王二旦头顶的矿灯打出巴掌大小的亮光,挥出的镐头劈碎乌黑坚硬的矿石。

王二旦不惜气力。虽然是下矿井又苦又累的活儿,可是自己是城里的一名工人了。公家给发钱,咱就该尽力干活儿。力气这东西又不值钱,两碗炸酱面,睡上几个小时,跑掉的力气就又回来了。

王二旦身上有使不完的力气。工间休息,是拉屎撒尿扯淡的时间,王二旦却仍在挥镐挖煤。别人劝他:"歇歇吧,干得再欢,也当不了劳动模范。"王二旦嘿嘿憨笑着说:"俺就这怪毛病,出汗就得出个透,不然全身不舒坦啊。"

收工。

升井。

铁笼子轰隆隆把脸盆大的天逐渐扩大成艳阳天,王二旦的心里也如阳光般灿烂起来。

升井后的第一件事就是去泡澡堂子,工人一个个除了牙齿还是白的,其余都是一个颜色。矿上有一个大澡堂子,能泡上五六十号人。头几拨儿的人还能泡个清水池子,后来的人泡的水就浑不见底稠乎乎的,如面汤一般。王二旦不在乎水的清混,只要水热,人一下池子,如同万根针尖划过肌肤,所有封闭的毛孔都瞬间舒展,人就飘飘欲仙。每到此时,王二旦都会情不自禁地吆喝一声:"舒坦啊!"

吃饱不饥想媳妇。泡过澡的王二旦,看到从女澡堂走出来的、头发湿漉漉、浑身散发着香味的大姑娘、小媳妇,晚上躺在床上时就辗转反侧。

王二旦在家看中了村里的香丫。不是王二旦看中了,是村里的年轻后生都看中了。可是谁也争不过村主任家的儿子,更不用说家里一贫如洗的王二旦了。可是,王二旦学习好,村子里去县城读高中的就王二旦一个。香丫对王二旦说过:"二旦,你有本事就带我出去。"王二旦知道自己若不能进城当工人,那自己就是只癞蛤蟆。现在王二旦觉得香丫这朵鲜花,完全可以插在自己这摊牛粪上了——自己怎么说也是城里的一摊牛粪。

挖煤辛苦,可是赚的钱多。王二旦送去彩礼,把香丫娶进了城。挖煤挖得再累,晚上王二旦也要在香丫身上继续挖。欢愉的时刻,王二旦也要高喊:"舒坦,真舒坦啊。"

下井,升井,泡澡堂子,晚上搂着肉乎乎软乎乎热乎乎的香丫睡觉,王二旦觉得自己是天下最幸福的人了。

王二旦觉得日子过得挺舒坦,香丫的想法却和王二旦的不一样。香丫想有一间自己的房。王二旦住的房子是矿工大房间隔出的一小间,放张桌子,放张床,屋里就磨不开身了。晚上,王二旦和香丫弄出点动静,第二天就有矿工朝香丫做鬼脸,还哎哟哎哟地喊真舒坦啊,臊得香丫脸红得像柿子。

王二旦年轻有文化,干活儿卖力,就被推荐去省里参加了个培训班,回到矿上就被提拔当了队长,还分给了他一间带厨房的屋子。王二旦兴奋地在宽大的木板床上打滚,说:"香丫,这回咱可以放开了胆子舒坦喽。"

王二旦自己也没料到,春来秋去到孩子可以满地跑的时候,他居然当上了矿长,是集团公司中最年轻的一名矿长。

王二旦不用下井了,也不用去泡大澡堂子了。三室一厅的房子,还有淋

浴。可是王二旦在淋浴时就是冲不出泡澡堂子的舒坦劲儿。他想去泡澡堂子,但看到混浊的池堂子,却怎么也不敢脱衣服。

办公室的吴秘书就开着车带着王二旦去市里的高级会所泡桑拿。王二旦不知道,洗个澡竟然有这么享受的地方啊。第一次躺在按摩床上,王二旦紧张得都不敢睁眼睛。

回矿区的路上,王二旦在车里活动着胳膊说:"真舒坦啊。"

只要想舒坦,让王二旦舒坦的地方多了,让王二旦舒服的事情也多了。最让王二旦兴奋不已的是,他这个当初只是城里"一摊牛粪"的煤黑子,竟然也包养了一个如花似玉的大学生。别说那模样和电影明星都不差,那皮肤嫩得稍用力就能握出水来。王二旦就奇怪,当初自己怎么就看中香丫了?

香丫也觉察到王二旦外面一定是有人了,她这块旧煤窑王二旦也极少来开挖了。香丫不在乎,有孩子在,只要王二旦往家里拿钱,多拿钱,才不管他在外面怎么疯呢。

王二旦出事是早晚的事。王二旦一出事,香丫就和他离了婚,跟着一个贩煤的山西老板跑了。王二旦被判了十年徒刑。

王二旦刑满释放那天,是乡下的老父亲去接他的。王二旦说:"爹,咱去泡个澡吧。"王二蛋就和爹一起去了个澡堂子。水清,也热。王二旦坐进池子,如同万根针尖划过肌肤,所有封闭的毛孔都瞬间舒展,人就飘飘欲仙。王二旦捂着脸,双肩不停地抽动。

爹问:"二旦,咋了?"

王二旦说:"爹,没事,俺就是觉得舒坦,真舒坦啊……"

王二旦号啕大哭。

山 居

非花非雾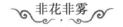

　　华叔开着一辆半旧的皮卡，拉着蜂箱，追着枣花到了王坪猴崖谷地界，谷里有几户人家，一水儿的红砖白粉墙。

　　华叔手搭凉棚望了一会儿，对后面跟上来的大卡车说："就停在这里吧，卸车。"大家七手八脚地把蜂箱一个个搬下来安放好。华叔也把皮卡上的帐篷铺盖安置妥当。

　　一只小黄狗从谷里跑上来，汪汪地叫了几声，便好奇地卧下来，看着人们忙碌，又不时地走近蜂箱嗅一嗅，迷茫的眼睛眨几眨，跑回去了。

　　拉蜂的汽车远去了，留下华叔一人守着。他坐在帐篷外的青石上，看着蜂在身边舞动一会儿，哨蜂就向远处飞去了。不足一袋烟的工夫，哨蜂飞回来，跳着舞，告诉工蜂们蜜源。猴崖野山枣树成片，谷下还有枣园，这时，枣花的清甜，已随着风，一缕缕飘过来。

　　傍晚，夕阳落到谷口，一道金光罩着谷里人家。华叔望着有浅淡炊烟升起的人家走过去。这家的门前一蓬"烧汤花"正开着，透过半敞的大门，看到院落整洁。灶房窗下种着五六盆花，都开得恰到好处。

　　华叔微笑，这家的女主人肯定干净勤快，又安分守家，不像别家留守妇女，这会儿都钻到哪里打麻将说闲话去了，找都找不着。就在这一家吃饭吧。

华叔叫了一声,应声而出的是那只小黄狗,因在山上见过,竟老朋友似的摇起尾巴。女主人夏嫂扎着围裙从灶间出来,果然是个不足三十五岁的标致妇人。见了华叔,略显踌躇。

华叔说了搭伙的想法,夏嫂想了想,说:"不过是多做一个人的饭,不成问题。"

说话间,三个孩子从外面回来,大的是个女孩,十一二岁;两个小的是男孩,一个十来岁,一个五六岁。围着院中石桌吃饭时,才知道那五六岁的男孩小贝是邻居的孩子,父母都到外面打工了,把他寄养在夏家。

晚上,月亮升起来,夏嫂带着小贝和小狗在帐篷边陪华叔畅谈着蜂事。

华叔原是山里一座初中的校长,爱好养蜂,他喜欢蜜蜂的品性。山区校长工资低,割蜂糖的收入,补上了家中亏空。

夏嫂说:"华大哥能干,嫂子有福气呢。"

华叔说:"本来是有福的,不想我人退休了,身体却不好了。肝病,着不得气,受不得累。这养蜂赶花倒相宜。听说蜂疗没? 我每天都得抓十来只蜂子,让它蜇到穴位上,用蜂毒疗疾。"

夏嫂诧异:"真有效?"

华叔说:"你看,我这病搁别人身上,几万块钱药吃了,也不会见好,可能没两年人就没了。我这都四年多了,也没再去检查,不疼不痒的……"

华叔指着眼前的蜂箱,告诉他们,爱好养蜂的人很多,左边几箱是畜牧局李家的,右边那几箱是许老汉的……他是替一帮同好集中赶花儿。春天到大虎岭赶杏花,初夏在二马山口赶槐花,夏天赶枣花、荆花,秋天赶野菊,冬天要让蜂休养,用白糖化水倒在平平的盘子里,让蜜蜂吸食。

"蜜蜂好呀,它采花蜜,同时传了花粉,枣子会结得更好。"夏嫂说。她男人夏秋生原先承包着猴崖下的枣园子,秋天采野山枣收入也很可观,只是太累,也很孤寂,就跟着四乡八谷的男女到外面打工开阔眼界去了。

华叔说:"眼界在心里,不在眼面上,心里净了,静了,天地自然就宽阔了。并不在于住在哪里,见过多少人。"

夏嫂点头。此后常带着小贝和小黄狗来陪华叔说话。

有一天中午，猴崖谷静得能听到水汽从叶片上蒸腾的声音。小贝跟黄狗在谷里玩，不知怎么惊了蜂群，蜜蜂追蜇狗鼻子、狗眼，狗狂叫一声，蜂子便趁机扑入它嘴里蜇它的喉咙。狗疼得向崖上跑去，小贝一边喊"救命"，一边扑上去一把抱住狗头，蜂子忽地一下围住小贝乱蜇。

华叔远远看到这情景，飞快跑过去，脱下白衬衫罩在小贝身上，蜜蜂反扑过来蜇华叔。

幸好只是惊了一箱蜂，没有使整个蜂队都炸群。狗还是中毒死了，小贝痊愈后再也不敢到谷上玩，夏嫂要陪他，也不再上帐篷这边来。

华叔早有了抗毒性，经这一蜇，休息两天，反更精神了。可是，谷里人家却风言风语，猜疑华叔和夏嫂当时在哪里，让狗和孩子挨了蜂蜇。

华叔就不再到夏嫂家吃饭，两人竟刻意回避起来。倒是谷里人家的孩子一窝蜂地围到华叔这儿听他讲天南地北。

立秋一过，枣花的花期已尽，华叔要开着他的皮卡，带着蜂箱离开了。他悄悄把几瓶蜂蜜放到夏嫂灶间。

拉蜂车开动了，夏嫂追出来，后面跟着小贝，他们喊着什么，华叔隐约听到："再来……"

他默念："我会再来的。"

不久，谷里几个妇女都去城市打工，也把孩子托付给夏嫂。一帮泥猴似的孩子，一下子都变得跟夏嫂的孩子一样干净！

戏　子

梅　寒

那年,父亲牵着青梅的手找他学戏。

那时的乡下女娃,因为家里穷,被送到戏班子混口饭吃的不在少数。她却没有像那些女孩子一样愁眉苦脸地去。她喜欢戏,早在去那里之前,就不止一次在戏台子上看过他的表演。

她点名要求跟他学戏。那个戏台上飘着黑胡子白胡子的叔叔,从此就成了她的师傅。

第一次坐在枣红色的太师椅上认真打量她时,他的眼眸里就不由轻轻闪过一丝惊喜。这个女娃娃,面若新月,目如点漆,眉梢轻扬,紧抿的嘴角透出一股淡淡的英气。天生就是唱戏的料。

师傅看得没错,青梅是天生的戏子。师傅在前面唱念做打,一招一式认真地教,青梅和她的师姐师妹们在后面,一招一式认真地学。满屋十几个葱白水嫩的女孩子,数青梅学得最快。

师傅却并不因此而对青梅的要求降低半点。弯腰、压腿、走步,青梅动作做不标准,师傅"咔"一下就帮她推到位。一声脆响,一阵钻心之痛,青梅倒吸一口凉气,眼里便有了泪光。

"吃不得苦,就不要到这里来!"师傅连看都不看她,语气冷得像腊月天窗玻璃上的冰碴子。

青梅忍住泪,一遍又一遍苦练。

几年后,她已是戏班里小有名气的角儿。她甚至可以与师傅同台对阵。

其实,师傅的冷,是在排练场上。走下排练场,师傅就是那帮女孩子和蔼又可亲的父亲。他给女孩子们烧大锅的热水,让女孩子们疲乏不堪的脚在温热的水波里重新恢复青春的活力。他给女孩子们煮面汤,每次开始吊嗓子之前,他让每个弟子都先喝上热热的一小碗。那是师傅自己独创的护嗓良方。他甚至会在女孩子们想娘想家的时候,给她们送上几个温暖风趣的小段子。

在青梅的眼里,师傅慢慢就成了世上少有的好男子。尽管他已经不再年轻,他的年纪可能比青梅的父亲还要老。

青梅与师傅第一次隆重同台演出,是她十六岁那一年。当地一家乡绅唱堂会,点名要师傅的《长生殿》。师傅毫无悬念地出演唐明皇,需要一名弟子来演贵妃杨玉环。师傅目光炯炯,环顾一周,最后落在了青梅的脸上。

青梅的心,在那一刹那泛起喜悦的涟漪,脸上却没来由地飞起两朵淡淡的粉桃花。

"长生殿前七月七,夜半无人私语时……"着了戏袍化了装的师傅,在铿锵锣鼓咿呀的京胡声里踱步向青梅而来。台上的青梅有刹那恍惚。她忘记了自己是人间的青梅,心念动,眼波转,朱唇轻启,台下黑压压的观众看不见,天地间只剩下她的三郎,她的帝王:"在天愿为比翼鸟,在地愿为连理枝……"

一曲唱罢,台下掌声如潮,叫好声连成一片。青梅与师傅,不,是贵妃与她的三郎,相视会心一笑,四目在空中轻轻碰撞,就碰撞出"刺啦啦"的爱情火花。

那样的爱情,注定只能在戏里。现实没有那份爱情生存的土壤。最先站出来反对的是青梅的父母。父亲说:"一日为师,终身为父。徒弟跟了师傅,伤风败俗。"母亲反对的理由不像父亲那样堂而皇之,态度却远比父亲更加决绝。她眼看着自己种下的树已结出诱人的果,她想借那颗诱人的果来

吸引高官显贵,岂能容得了那个又老又穷的戏子来摘她掌心这颗明珠!

面对青梅家族来势汹汹的反对,师傅眼眸里的火光慢慢黯淡下去。他本犹豫,只是情难禁。青梅家人的反对,给了他痛苦,也给了他反击自己的勇气:"青梅,你走吧。"

师傅狠心地扭了头。青梅眼中满是委屈的泪。

青梅果真走了。是在一个月黑风高的夜晚,被家族里的男人们强行给押回去的。

半月之后,青梅重新回到了师傅身边。

半个月,长如半个世纪。半个月里,青梅像一枝失水的玫瑰,迅速枯萎下去。为了那份不合时宜的爱情,青梅绝食,负气吞金。被救过来的青梅依然日日夜夜念叨她的三郎,终是把父亲念叨得烦了,将她的行装用小包裹一裹,扔到她的脚下:"去找你的三郎吧。从此是死是活,别再回来见你爹娘。"

青梅哭了。那一回,她的泪水是为爹娘而落的。

青梅最终与她的三郎走到一起。

知晓那段爱情的人,常会把各种复杂的眼神落到他们身上。

穿上戏服,他们演戏,唱戏,以戏糊口,以戏来滋养他们漫长的人生;脱下戏服,他们买菜,做饭,生儿育女,与红尘俗世里的夫妻没什么区别。他们在世人的眼里做了一辈子戏子,也做了一世的夫妻。

入得戏,也出得戏。他们是真正的戏子。

收　稻

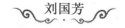
刘国芳

　　穗子的父母种了将近四十亩地,收稻的时候,父母把在外打工的穗子叫了回来。

　　四十亩地连在一起,那是一望无边的感觉。穗子站在田边,她看着禾田,又看着有点显老的父母,跟他们说:"爸妈,收了这季稻,你们别种这么多地了。"

　　穗子的父亲不做声,穗子的母亲接过穗子的话说:"我也在这么想,你爸太累了,收完了稻子,把地退还给人家,就种我们家几亩地。"

　　穗子笑了,穗子说:"那我在外面就放心了。"

　　穗子回来是收稻的,四十亩地,真要穗子和她父母一亩一亩地割,一个月也割不完。但现在用不着自己动手了,有收割机割。收割机都是从江苏那边开来的,一到收稻的时候,便有好多的江苏人开着收割机来。穗子这四十亩地,收割机只要一天就能割完。

　　这天,收割机就来了。

　　穗子和父母都在地里等,当轰隆隆的收割机开到穗子身边时,穗子看清了,机手是一个很年轻的小伙子。年轻是一眼就能看出来的,穗子还看了出来,小伙子白白晳晳的,戴一副眼镜,穿一件好看的红色 T 恤衫,很文雅很帅气的样子。穗子家里以前也请收割机割过禾,以往的机手,都是黑黑的,打

着赤膊,看上去很粗俗。这个机手与众不同,他彻底颠覆了穗子印象中机手的形象。穗子一下子对这个机手有了好感,因为有好感,穗子便盯着人家多看了几眼。机手当然发现穗子在看他,机手忽地笑了一下,然后问穗子:"这一大片地都是你们家种的?"

穗子点着头。

机手说:"听说有四十亩。"

穗子说:"差不多吧。"

机手是个喜欢说话的人,机手说:"就你和你父母三个人种这么多地吗?"

穗子说:"不,我在外地打工,是我父母两个人种的。"

机手说:"那你父母太辛苦了。"

穗子说:"我也是这么认为的。"

开始割了,收割机开进一块地,轰隆隆开过去,又轰隆隆开过来。收割机开过,金黄的稻穗就不见了,变成了一袋一袋的谷子。穗子就站在收割机的一边,一袋谷子满了,穗子就把这袋谷子推下来。当穗子推下一袋又一袋的谷子时,已经割了好几亩地了。天气很热,穗子便大着声音跟机手说:"你歇一下吧,我端水给你喝。"

机手说:"我带了水。"

穗子说:"你还是歇一下吧。"

机手说:"不要。"

穗子又说:"对了,你叫什么?"

机手说:"田稻。"

"田稻?"

"对,田地的田,稻子的稻。"

后来,收割机就开到了穗子家一块瓜地旁边,穗子看见了西瓜,便跟机手说:"这是我家的瓜地,你停下吧,我摘个西瓜给你解渴。"

机手说:"不要。"

穗子说:"我们家的西瓜特别甜。"

机手忽然就停下了,说:"那我要尝尝。"

穗子就去摘了一个瓜来。

机手接过西瓜,一掌砸开,然后看着穗子说:"我觉得你的心特别好。"

穗子说:"你才认识我多久,就能看出来?"

机手说:"看一个人好坏,还要多久吗? 有时候听她说几句话甚至看她一眼,就能知道。"

穗子没说话,只笑。

吃完瓜,又开始了,收割机轰隆隆开过来,又轰隆隆开过去。一块地,又一块地,便被收割了。机手现在跟穗子有些熟了,机手大着声音跟穗子说:"你父母两个人种这么多地,真是太辛苦了。"

穗子说:"确实太辛苦了,为此,我跟我父母说,让他们下半年把地退还给人家,就种自己几亩地。"

机手说:"那就轻快多了。"

穗子又说:"那是,我父母年纪大了,不能太累了。"

说着话,又割了好几亩地,穗子又跟机手说:"你歇一下吧。"

机手说:"不要。"

穗子说:"还是歇一下吧,都割了大半个上午了,你一定很累吧。"

机手说:"不累。"

穗子说:"你怎么不累呢,我都有些累了。"

机手说:"真的不累,跟你说吧,我一到地里,看见金黄的稻穗,心里就特别高兴,再累也不觉得。要是看到一大片地荒了,地里长满了草,我心里就特别难受,比累了一天还难受。"

穗子就有些感动了,穗子说:"我也是这种感觉,走到哪里,看到地荒了,长满了草,心里就不舒服。"

机手说:"我真的很希望所有的地里都是金黄的稻穗。"

穗子说:"我也是。"

　　这是一个让穗子怎么也没想到的日子。一个机手,一个很文雅很帅气的机手,他的很多想法都跟穗子相同,穗子觉得她跟机手很谈得来,穗子觉得这是她最愉快的一天。但愉快的时光总让人觉得太容易过去,仿佛是一下子,一天就过去了,穗子家的四十亩地也割完了。结了账,机手就要走了,当收割机发动起来,轰隆隆要开走时,穗子忽然大声说道:"秋天的时候,我还请你来收稻。"

　　机手说:"我一定来。"

　　收割机走了,留下一地的稻子。但这不要紧,穗子家不但请了收割机,还请了人,请了汽车,割下的稻子,都往汽车上搬,然后拖走。穗子的父母,当然和大家一起搬稻子。穗子后来走近母亲身边,问着母亲说:"妈,如果下半年我们把地退回给人家,他们会种吗?"

　　穗子的母亲说:"他们都出去打工了,肯定不会种。"

　　穗子说:"那这些地不就荒了?"

　　穗子的母亲点头说:"肯定会荒了。"

　　穗子忽然说:"我们还是种吧?!"

　　母亲有些意外,看着穗子。

　　穗子说:"我不去打工了,跟妈妈你们一起种地。"

　　秋天很快就到了,当穗子地里又一片金黄时,那个叫田稻的机手真来了。穗子见了他,笑笑的样子,跟他说:"我在等你来哩。"

　　机手也是笑笑的样子,说:"我也一直在等这一天。"

　　这个收稻的故事到这里就可以结束了,如果还要补充的话,那就是大约几天后,也就是当稻谷收割完了后,穗子把机手带了回家,在父母面前,穗子跟他的父母:"爸妈,这是田稻,你们见过的。"

　　穗子的父母有些意外,他们看看穗子,又看看机手,然后惊喜地说:"对,我们见过。"

爱情敌敌畏

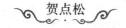
贺点松

回想起来,当初英民的爱情,简直有点儿感天地泣鬼神。

那是 1979 年的事了。那年,十九岁的英民跟邻村十八岁的姑娘小朵好上了,好得如胶似漆,好得死去活来。那时还不怎么兴自由恋爱,这一对农村青年却常常手拉手赶集,看戏,看电影;他们还敢在大庭广众之下搂抱。这在当时可是很出格的。

两个人的恋爱遭到双方父母的坚决反对。英民的父母嫌小朵不正派,疯;小朵的父母则嫌英民家穷。英民家也真穷,只有三间破瓦房,屋子里空空荡荡,真正是家徒四壁。

一天晚上,因为俩人的恋爱,小朵被妈骂了个狗血淋头,英民也被爹拍了几木锹。俩人绝望地逃出家门,在两个村子之间的一片白杨林边相见。各有一肚子苦水,一对青年人抱头痛哭。哭过,英民问小朵:"小朵,咱们这事,长辈们死活不同意,咱咋办呢?"小朵从英民的怀里抬起头,反问:"英民,你说这话,是不是怕了,想妥协?"英民说:"我从来没想妥协。"小朵:"你说的是真心话?"英民说:"是!"小朵说:"好!我总算没看错人。英民我给你说,咱俩的事,爹妈反对归爹妈反对,我是吃了秤砣铁了心,生是你英民的人,死是你英民的鬼。"英民没有说话,把小朵抱得更紧了。须臾,小朵又说:"爹妈真要是把咱逼上绝路,咱就去死——死,你敢吗英民?"英民说:"有什

么不敢!"小朵挣开身,从怀里掏出一个黑乎乎的瓶子,拧开瓶盖,往瓶盖里倒了一点儿黑乎乎的液体,递给英民,说:"你真愿意为我死,就把这个喝下去!"英民闻到刺鼻的农药味,知道是敌敌畏。英民伸手接过瓶盖,一仰脖喝了。小朵流泪了,夺过瓶盖,又往瓶盖里倒了一些敌敌畏,也二话没说,一仰脖喝了。那天晚上,很好的月亮,一对年轻人对月起誓。英民说:"在天愿做——那个什么鸟!"小朵说:"在地愿做——那个什么枝!"

敌敌畏可不是什么浪漫的玩意儿。结果,两个人肠如刀绞,顺嘴吐沫,拥抱着倒在了白杨林边。幸亏喝下的只是一点儿,家人又发现及时把他们送进医院,灌了肠,洗了胃,才脱离了危险。这次饮鸩盟誓,使双方的父母彻底妥协了,再不敢对他们的事情说半个"不"字。从医院出来后不久,英民和小朵就拜了天地入了洞房,有情人终成眷属。

婚后的生活是普通的农家生活,英民家穷,小家庭的家底自然也薄,年年月月总是缺钱。二人当然有过发财致富的梦想,有过奋斗。种庄稼之余,种过烟叶,栽过苹果,办过猪场,养过蝎子,贩过橘子,开过路边饭店,可总是财运不济,老鼠尾巴发不粗。折腾来折腾去,也不过落个温饱。一晃二十多年过去了,日子比树叶还稠,漫长,琐碎,平淡无味,二人昔日的激情早已烟消云散了。

2005年,小朵突然制造了一个轰动全村的新闻——她跟乡里的兽医赵大头一起私奔了。

早两年,英民跟小朵听说城里的奶源紧张,就做起了养奶牛发财的梦,倾尽积蓄买了五头奶牛。俩人像供养祖宗似的供养着奶牛,奶牛的产奶量也并不高,特别是牛奶的价格,猴跳似的不稳定,高的时候有些赚头,低的时候还要贴本钱。这奶牛还娇气得很,一年打几次防疫针,还是常常有病。这一年,两头奶牛的乳头不知怎么老是发炎,肿胀发红。奶牛怕疼,拒绝挤奶。奶牛一两天不挤奶乳房就鼓胀得像要爆炸,时间长了那还了得。英民就到乡兽医站请来了兽医赵大头。赵大头每天一早一晚来给奶牛灌一大瓶药水,还给奶牛的乳头上抹了一种紫药水,几天后奶牛的乳头还真就消了炎,好了。就在这几天里，赵大头还有另外一个收获，就是把小朵弄到了手。

赵大头这人算个有本事的人，他的医技方圆闻名，手里很有些积蓄。可就是有毛病，好贪女人这一口。两年前死了老婆，这毛病更是明显放大了。对于半老徐娘的小朵，赵大头并没费什么心机，他只是在给奶牛治病的时候，借机调戏小朵，没想到小朵并不反感；赵大头就得寸进尺，没想到小朵还是不怎么拒绝，只提了对赵大头来说十分廉价的条件："你要舍得给我买一部手机，我就跟你好。"

村里许多人都有了手机，小朵也要买，英民不同意，俩人为这事怄了好几场气。

赵大头第二天上午又来，就悄悄塞给小朵一款崭新的手机。这天傍晚，趁英民外出，赵大头如愿以偿了。

这样的事情没有只做一次的。后来英民听到村里人的风言风语，在家里捉了两人的现行。

小朵跟兽医索性一不做二不休，私奔到了兽医的老家——安徽东部的一个小镇——去了。

老婆跟兽医跑了！英民被这个事实击蒙了。英民想起当初俩人一起喝敌敌畏的事情，嘴角浮起了奇怪的微笑。英民到镇街上买了一瓶敌敌畏。

英民最终没有喝敌敌畏。英民舍不下自己的一双儿女。再说英民把道理也想通了。小朵跟赵大头好，还不是因为赵大头有钱，小朵想过不缺钱的日子，也没有太大的错。换自己做女人，保不定也会这样呢。

英民到城里卖了好多次血，又以自己的屋宅作抵押到信用社贷了几万元，又添了六头奶牛。

"老子就是要跟奶牛叫劲儿，老子也要当有钱人！"英民在心里发狠。

木锤爷

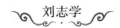

刘志学

骑河镇的大人小孩都知道，木锤爷打小记性就不好。打小记性不好的木锤爷就因为记性不好才娶了和他厮守了一辈子的木锤奶。

据说本来那天下雪时，木锤爷应该去他的东家上房里送江米甜酒的，但木锤爷没记性，就把东家的话忘到了脑勺后头。木锤爷就没娶上东家的女儿兰花，木锤奶就成了木锤奶。

兰花从小就害一种叫"胃寒"的病，离不开木锤爷的江米甜酒。因为那个时候还叫椿叶儿的木锤奶的爹爹陈四仙说，兰花的胃寒病，只有木锤爷的江米甜酒能降住。陈四仙是骑河镇唯一的看病先生。

于是，木锤爷就天天往兰花的房子里送江米甜酒。后来，木锤爷干脆住到了兰花家，专门为兰花酿那种酸酸的、甜甜的江米甜酒。

木锤爷住到了兰花家，就风刮不着，雨淋不着了，当然，他那个江米甜酒担子也就撂下了。

没有了江米甜酒担子和那个一撂三个的拨浪鼓响，四邻八乡的街道上就像少了些什么一样静寂了很多。

木锤爷的江米甜酒担子之所以在四邻八乡名气大，是因为他是踩着高跷走村串巷的，而且，有大闺女小媳妇只要一听见木锤爷的拨浪鼓响，总七手八脚地把树根疙瘩、桌子凳子什么的推到路口上，等着看木锤爷的笑话。

但木锤爷总是踩着离地三尺高的高跷，旋风般刮来，看见有路障，就稍一叉腿，一个大鹏展翅或者旱地拔葱，担着那个两头各有一个搂都搂不住的江米甜酒坛子从路障上跃过去，稳稳地落地，脸不改色气不喘，但一般这时木锤爷的两个高跷腿子已经插进地下尺把深了。拔出来，嘿嘿一笑，便开始迎着那些大姑娘、小媳妇热辣辣的眼睛，给她们一勺一勺地从坛子里打酒。

还叫椿叶儿的木锤奶那时候还是个大姑娘，听那个拨浪鼓听惯了，看那个大鹏展翅、旱地拔葱看惯了，就把火辣辣的眼睛直直地往木锤爷的眼睛上迎。但木锤爷似乎没看见，也不多看她几眼。椿叶儿就故意赊她的账，但木锤爷的记性不好，总想不起来给她要，甚至等椿叶儿提了醒儿，木锤爷在高跷上拍脑瓜："你瞧瞧，你瞧瞧……俺都忘哩……嘿嘿……"接了钱，还是不肯多看她一眼。

木锤爷撂了江米甜酒担子住进了兰花家，椿叶儿自然就再也听不到那个拨浪鼓响了。于是，就倚着门框傻傻地看天上的云彩，把每一块云彩都看成了江米甜酒担子。

其实，木锤爷心里只放着兰花哩。这还是后来东家给椿叶儿爹亲口说的。东家只有这一个独养女儿，他知道女儿兰花离了木锤爷的江米甜酒就吃一口吐一口，早晚也是没活命，所以就有招光棍儿一人的木锤爷入赘的意思，并私下里寻了椿叶儿爹，准备让他保大媒。

住进了兰花家的木锤爷一下子长衫马褂地阔了起来，但心里却像丢了什么似的不痛快。木锤爷没事儿了就去找兰花聊天。东家看到头抵头挤在一起的木锤爷和兰花眼睛就笑成了月牙。

那个时候兰花的闺房整个骑河镇只有他一个男人能进去，而且畅通无阻，谁都不拦，都知道木锤爷是去送江米甜酒的，是去治兰花的胃寒病的。而且大家都知道兰花还给木锤爷绣了一个花肚兜。木锤爷穿着那个花肚兜时就总是在夜里梦见兰花。

有一回，兰花衣服还没穿整齐，木锤爷就端着一个小坛子闯了进去，木锤爷就看见了兰花胸前卧着的两个小馒头，坛子立即掉在地上打烂了。

那天就下起了雪。木锤爷在铺了一层雪的院子里摆上了几张桌子和凳子，专门踩着高跷给兰花表演在桌子、凳子上飞来飞去的大鹏展翅和旱地拔葱，把头一回看见他还有这本事的兰花乐得咯咯咯咯地笑个不停，木锤爷就担着江米甜酒担子一遍又一遍地表演。终于在兰花的笑声里累倒了，晚上吃了俩锅饼就躺到专门给他准备的小屋里呼呼大睡了。

吃晚饭时陈四仙也在。东家笑眯眯地看了看狼吞虎咽的木锤爷，说："木锤呀，天交二更时，你往上房送一小坛子江米甜酒来……"看看木锤爷点了几点头，又"嗯"了一声，这才对着陈四仙捋着胡子笑。

其实，那天晚上东家是选了黄道吉日，把椿叶儿爹这个大媒人请来，要给木锤爷和兰花定亲的。但二更过了，三更过了，直到快五更了，还不见木锤爷送酒来。东家稳不住神儿了，就和椿叶儿爹踩着雪到木锤爷的小屋里寻他，就看见木锤爷和椿叶儿赤条条裹在一个被窝里。

那天椿叶儿是和她爹一起来兰花家的。她想见木锤爷，就摸黑儿去他的小屋里找他，就浑身燥热、稀里糊涂地滚进了木锤爷的被窝，当然也由椿叶儿变成了木锤奶。

椿叶儿的爹陈四仙用柳条把椿叶儿抽了个半死，黑着脸逼着木锤爷娶了椿叶儿。兰花却不久就香消玉殒了，因为她再犯了胃寒病，东家无论如何都决不再要木锤爷的江米甜酒，买了别人的，喝下去却不济事儿。等木锤爷抱着一坛子酒跪在东家门前时，兰花也抱着木锤爷留下来的酒坛子闭上了眼睛……

木锤爷听见院子里有东家的哭声时，这才从地上站起来，咚咚咚地擂门，狮子吼一样地嚎："兰花啊——他们的酒里，没有加大枣啊——啊啊啊——俺知道得太晚了呀！"

木锤爷砸了他的江米甜酒坛子担子，一把火烧了那副高跷架子后，几十年从来不提兰花。后来有人问他那晚为什么没去东家的上房送甜酒，木锤爷总是脸一寒，撂下两个字儿："忘了！"扭头就走。于是，木锤爷记性不好忘性大的事儿，就慢慢地传遍了整个骑河镇。

现在年已八十的木锤爷连木锤奶也忘掉了。医生说他患的是老年痴呆症,失忆只是这种病的一种症状。他总怔怔地看木锤奶半天,说:"你是谁呀,老拽着俺干啥?"

木锤奶的眼里就蓄满了泪,说:"俺是椿叶儿啊!"

"椿……叶儿? 是……谁呀? 俺不认识……"

"俺是打小就爱看你担着江米甜酒的椿叶儿! 江米甜酒,你想想?"木锤奶不死心。

"唔——俺不认识江米甜酒,他是……哪村的人?!"木锤爷仍呓呓怔怔的。

木锤奶急了,翻出来那个被她暗地里藏了大半辈子的红肚兜,捧到木锤爷面前问:"你看看,这是谁给你做的?"

木锤爷眼睛突然一亮,抢过那个红肚兜捧在怀里,扑通翻倒在地上,吼:"兰花啊——他们的酒里,没有加大枣啊——"

木锤奶哭成了一堆,边哭边数落:"俺伺候了你一辈子,你把俺忘得干干净净啦!"

睡　帽

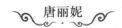

唐丽妮

　　隆冬暮色,木格子老窗,母亲在窗内,父亲在窗外。母亲一抬头,从老窗格子内塑料薄膜破开的洞,看到了父亲的头,也看到了半头霜花。

　　母亲就决定,给他织顶睡帽。

　　那一天,母亲刚从医院检查回来。父亲说诊断书要一星期后才能拿到。母亲没有诊断书看,就从抽屉底摸出父亲的"八字"。

　　这儿有个习俗,人一出生,就得请个先生给他推推八字,算算他的命是好还是坏,算算哪年哪月,他会患什么病遇什么灾。八字先生闭上细长眼睛,跷起细长手指,三掐两掐,把他掐算到的机缘也好、劫数也罢,用一种特别的方式,写在一张红色的纸上。这一张红色的纸上写的,就是这个人的"八字",伴随着这个人的一生。

　　母亲把自己的"八字"藏得深深的,从不看,却常常偷看父亲的。母亲就是在偷看时,冷不丁看到父亲不知什么时候从什么地方飘来的半头霜花。母亲记得,似乎就在昨天,他的头发还黑如墨染。

　　兼风兼雨。

　　晚年雪上又加霜。

　　这是"八字"上说的。

　　对着呼啸的窗洞,母亲愣愣的,在心里,为父亲流了两行泪。

母亲心灵手巧,会裁缝,会针织,会做鞋。儿女的衣服鞋袜,都是母亲做的。可是,母亲二十年没为父亲做过一件衫、缝过一条裤,更别说是一顶可有可无的睡帽。不是不想,是不能想。

母亲太忙。真的太忙。

头十年,忙着把儿女生出来,一、二、三、四、五、六、七,七个。其中有一个,被埋到了后山上。剩下的六个,就像六只猴子,前呼后拥,吱吱乱叫,要吃要喝,当然还要穿的。母亲忙完她的一亩三分地,忙完她的灶台桌面,就是不停地裁、缝、锁、纳、钩、编、织……刚把大的手腕脚踝照顾到,小的肚脐又露了;刚把小的肚脐捂起来,大的袖子又短了一截,要不然,就是中间那几个嚷嚷着补丁太丢人……没完没了。这后十年,就又过去了。

母亲很内疚。跟着他半辈子,寒风吹破了窗,才让自己看到了他的白发。

就织一顶睡帽。

母亲选了针,又配了线。线不在村里的供销社配,母亲专程到县城的百货商店配。

母亲织得很慢,一点儿也不着急似的。要是平时,给儿女们织,别说是一顶小帽子,就是毛衣毛裤,两三个晚上也织好了。现在,整天整夜,半倚在床头,母亲足足织了两个星期,才把父亲的睡帽织好。好像,她不担心父亲冷了;又好像,她是太担心父亲冷了。

父亲的睡帽,是蜂窝的织法,针脚很细很密很实很均匀很完美,没有一丁点瑕疵。帽子很厚,分两层。里层,火一样的红。外层,帽身灰里透着红,翻上去的边是红的,帽顶是红的。整个帽子看起来像是一堆虚掩着草灰的永远也燃烧不完的炭火。

睡帽如此细致,在父亲粗糙的大手掌里那么轻那么柔。父亲有些不知所措,托着,窘窘的,嘟嘟哝哝:"不冷不冷,不用戴,不戴吧。"

母亲没答应。

母亲非要亲手把睡帽给父亲戴上。母亲那么矮,父亲那么高,父亲要把

腰弯下。

母亲也没答应。

母亲扶着父亲的手臂，站到床上，这样，父亲的头就刚好在母亲的胸前了。母亲很方便地就给父亲戴好了。

有这样一堆炭火，就什么样的霜雪也不怕了。

母亲抱着父亲戴睡帽的头，笑了，笑得很美，很甜，也很苦。

母亲不怕苦。她自己跳进了镜框里，钉在墙上，还在笑。那么美，那么甜，又，那么苦。

馋 井

托如珍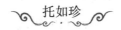

这口井原本是全村人的生命井，人称"甜水井"，自从我四姑跳下去，村里人就再也不吃这口井里的水了，名字也不再有人提起，改称它"那口井"了。

甜水井是一口很出名的井，出名的原因不是它的水甜，是因为它仁义。这口井挖成多少年来，拒绝收取任何生命。

我妈告诉我，她来到这个村的时候就知道，村里的鸡掉进井里，不沉；村里的牛犊落下去，也浮着。牛五奶奶年轻的时候，有一次放风筝，倒着走，一屁股坐到了井水上，旁边的人都吓傻了，到井边一看，她就那么在水上坐着，手里还拽着风筝线，笑嘻嘻地说："快拉我上去啊。"一点也不怕。

"你不听我话，我就去跳井。"这是我奶奶当初吓唬四姑的话。四姑说："行了妈，井不收你。"

"你四姑性子真倔。"妈说。四姑看上了木匠的儿子，没事就往他们家跑。跑了几趟，奶奶发觉了。

悄悄地跟着四姑，把她堵在木匠家门外。

奶奶有三个儿子，只有这一个女儿，我叫她四姑，其实只有这一个姑姑。爷爷是教师，我们家风很严，不允许儿女私定终身。

四姑从小娇生惯养，奶奶很少拂她的意。"我就是愿意，你要是不让我

去,我就跳井。"四姑和奶奶针锋相对。

"别的事都可以迁就你,只有这事不行。"奶奶不让步,"我们家,命能丢,脸不能丢。"

"城里人都兴自由了,我就是想自由一回。"四姑对我妈说。她其实也说不上小木匠有什么出色。要不是奶奶这么拦着,她也许不会这么犟。

"那又何必呢。"我妈劝不动四姑,只得叹口气,给她吃新烙的饼。四姑吃得香,她在奶奶面前不吃饭,饿了就来找我妈。娘儿两个的战争,白热化。妈又劝奶奶。奶奶和四姑一样,吃妈烙的饼,在四姑面前,她也不吃饭。

我妈回家偷着乐,这场游戏,看怎么收场。

四姑后来去找了小木匠,对他说了家里的看法。那年头,搞对象是一件丢人的事。"咱们私奔吧。"四姑对小木匠说。村里已经有人私奔成功了,头一年出去,第二年,抱着孩子回来,两家也就弃了前嫌,皆大欢喜。

我想起四姑秀美的脸,还有一头油黑的长发。小木匠的眼一定直了。四姑大我十岁,她十八岁的样子在我印象中还很清晰。我不明白为什么,小木匠没有答应四姑的要求。这几年,小木匠过年会回来,领着很丑的媳妇,抱着挺乖的孩子。

"你真的不愿意?"四姑没有问出来为什么。她为了这个男人,和家里闹僵了,成了村里人的笑话,而他,居然不愿意跟她私奔。

四姑跟妈道别。妈开玩笑,说:"什么都嘱咐,好像要私奔似的。"四姑也笑,说:"照顾好咱妈,嫂子,妈疼我这些年,对不住她。我其实也不是喜欢小木匠,我就是想为自己的终身做个主,嫁个知根知底的人。"

"你去吧,"妈说:"你放心。"

四姑就放心地去了,甜水井收了她。因为她是抱着石头跳的井。捞上来,手还死死地扣着。

"我原以为你这么漂亮的女子,不会长久地跟我。"小木匠站在远处,冲着我四姑的坟大声哭。我父亲和两个兄弟红了眼,要杀了他。

小木匠索性跑过来,在四姑的坟前磕头。站到父亲面前,任凭他们打。

父亲没有打他。扭过头落泪，挥手让他走。

小木匠走出了村子，多年来，他在外漂泊，很少回来。那口井从那以后，开始吞噬生命，人要是落下去的，从无生还。村里人再也不吃那口井里的水。据说，那水有股臭味。十岁的时候，我偷偷地尝过那口井里的水，咸，放了盐一样的。

"只要你自己愿意，怎么都行。"我大学毕业，带了男朋友回来，母亲慈祥地批准我的请求。

"其实，她只是想为自己的人生做主。"我带着男朋友在村里走，说起我四姑的故事。路过那口井，那里早已是一片平地，几年前，村里人一商量，把它填了。

你是我的角儿

化 云

"二妞"不是个妞，是个俊小伙儿，名叫赵二柱。

赵二柱从小身子弱，腰身纤细得像个妞，走路就像风摆柳，说话声音也像个小丫头，而且二柱眉目长得俊，俊得像个妞。他这样的小身子骨，干不了重农活儿，只能做些点豆摘瓜的轻活儿，长到二十几岁，还担不起家里家外的营生。就这样，人前人后被人叫成了"赵二妞"。

二月二龙抬头，转眼就是清明，农家院里开耕送粪的季节一来，二妞知道忙人烦见有人闲，总是顺着墙根儿走，见人不抬头，一直到忙罢秋收。忙了一年，大伙儿就盼在年关乐一乐，这乐呵就是晚上看大戏白天看秧歌，看秧歌其实就是看二妞。二妞在秧歌队里那可是个角儿，《扑蝴蝶》《划旱船》《回娘家》，哪一出儿都是二妞挑大梁。

看这二妞，取过肉色滴，排挤在左手的掌心，均匀地一点一点往脸上抹、往脖子上抹、往手上抹，调眉、包头、上齐眉穗、戴头套。红缎子小袄裹着本就纤细的腰身，绿绸子的罗裙盖住大脚，红绣鞋上的粉色绒球时隐时现，右手桃花扇，左手香罗帕。一张上了妆的俊脸艳若桃花，一双美目含羞带怯，似嗔似喜。角儿就是角儿，单他有意无意地那么一瞥，角角落落的人都觉得"她"看见我了，难免自作多情地心突突乱跳！待他小腰一拧，来个卧鱼儿啥的，那掌声喝彩声就掀翻了天了。

秧歌队里的"打头公子"张胜贵，喜欢二妞喜欢得恨不能当自己的眼珠子，这个张胜贵有个女儿叫美英，他央求了个媒人去赵家提亲，这可喜坏了二妞娘。二妞这身子骨，十里八村的闺女都嫌他娘娘腔，怕他不是真男，如今张家主动提亲，还听说那美英还是个高挑周正的闺女，哪有不应的道理？这赵家是喜滋滋地准备喜事了，美英却是一百八十个不愿意，可美英孝顺，终究禁不住他爹张胜贵的一烦二闹三绝食，顶了红盖头上了花轿。

洞房布置得喜气非常，可是新娘子一脸阴云，闹洞房的人都觉得无趣，早早地散了。有几个好事的蹲在窗户根儿听动静，结果蹲得脚都麻了，不见熄灯，也听不见人声。

屋里的二妞，偷偷看了美英一眼，就不敢看第二眼了，那美英拉着脸子瞪着他呢。美英和衣钻进被窝，睡了。二妞坐在炕沿儿上一动没敢动，一直坐到天亮。

二妞懒得出门，一是脸上无光，再就是缺了觉，蒙头睡了一天。

第二晚，美英的脸子还是照旧，只不过她自己脱了衣服钻进被窝，睡得挺香。二妞又傻坐一夜的凉炕沿儿。

第三天晚上，美英白膀子露在被子外边，睡得香甜。二妞坐在炕沿边儿，越想越伤心，好歹自己也是个爷们儿，咋就混到这步田地？这不只是要被老少爷儿们笑掉大牙，关键是自己以后的日子咋过？

二妞眼圈一红，兰花指一跷，轻声唱出来："九尽春回杏花开，那鸿雁飞去紫雁来哎。蝴蝶儿双飞过墙外哎，想起了久别的奴夫张才，张才夫出门十余载，一十二载未曾回来。"

二妞唱得动情，眼泪滴滴答答落下来："为奴夫在神前我挂过彩，为奴夫我许下了吃长斋。为奴夫在门外我算过卦，为奴夫在月下常徘徊。为奴夫庙内求神神不语，在那门外边算卦，卦卦带灾。奴好比梧桐凤良伴不在，奴又比鸳鸯侣谁把俺拆。奴好比芙蓉镜掩了光彩，奴又比孤山鸾鸣声悲哀。为奴夫我懒把那鲜花戴，为奴夫懒上梳妆台。为奴夫茶不思我饭也不挨，为奴夫我昼夜不寐常等待。"

这二妞只唱得柔肠百转，热泪涟涟，戚戚哀哀，呜呜咽咽："张才夫他好比石沉大海，把他的生死存亡实实地难猜，窦氏女年长三十外，我跟前缺少儿婴孩，张才夫你若有好和歹，撇下我孤苦伶仃怎样安排……"

正唱得肝肠寸断，有一只手拉他的胳膊："别唱了！挺好的一副肝肠，都让你唱碎了！"不知道啥时候美英醒了，满眼的泪疙瘩咕噜咕噜地往下滚，伸手拉他呢。二妞看见雪白雪白的一片，是胳膊？是胸脯？还有红得耀眼的红兜肚，绣着两只戏水的鸳鸯鸟儿，还没看清那鸟公母，灯灭了。

二妞枕着美英的胳膊，还在抽抽搭搭掉眼泪："你要是愿意听，我天天晚上给你唱！"

美英给他擦泪："天天给我唱，唱一辈子，就是不准你去外头唱，那会唱软了别的小媳妇的心。打今儿起，你是我的角儿，我一个人的！"

二妞心里一喜，原来她好这口儿啊。"是！"二妞捏着嗓子拉长音儿，这音儿没落地，就听见窗户根儿有人哧哧地笑。美英伸手抄起一只鞋甩到窗户框上："滚！没正形儿的东西们，也不怕熬坏喽，都蹲几天了？"偎在美英臂弯里的二妞一哆嗦，听着窗户外边的嘻嘻哈哈跑远了，心想，这下可好，我这媳妇不止心软会疼人，还扛门事嘞。

樱 桃

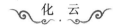

化 云

　　我就喜欢樱桃,小五子也喜欢樱桃。可是樱桃不正眼看他,也不正眼看我。

　　开春,我家院子里那丛灌木开了零星的小白花。我去找樱桃,小五子正帮樱桃担水浇菜园子,我说:"樱桃,我家樱桃树开花了!"

　　樱桃低着眼皮没看我:"看把你闲的!"

　　看着樱桃抢白我,瘦鸡一样的小五子担水更来劲了。这有啥,不就是担水吗?我夺过扁担,一边挂俩桶,小五子那点劲儿,比起我来差远了。一根扁担四桶水,挺沉,走到地头我一抬眼,樱桃在用大眼睛看我,笑盈盈的。我一来劲儿,扁担一颤一颤,咔嚓,扁担折了,水淹了樱桃她爹快栽叶的老旱烟。

　　自从我把扁担赔给了樱桃家,小五子一见我就抖着细腿儿笑。

　　从石头矮墙外面也能看见我家那丛茂盛的樱桃树上水灵灵的红樱桃,绿叶底下藏着,像羞答答不抬眼的樱桃。我舍不得吃,一颗也舍不得,我知道一共是一百一十六颗。我让娘尝尝,娘笑着摇头,笑得我的脸都红了,娘最懂我的心思。我不敢去叫樱桃来吃,只天天盼着哪天我一出门,正好樱桃从门前过,我就大方地喊:"樱桃,来尝个樱桃吧。"

　　我早起照例去看樱桃,地上落着八颗,不像是熟落的,像是碰掉的。一

数,少了十颗。我坐不住了,哪个猴崽子尝了鲜儿?老子想骂街!可这村里摘瓜尝李子都不算偷,我也没少尝别家的。看这红玛瑙似的樱桃,难免有人惦着。我得去叫樱桃了,说不定哪天早起一看,剩下的九十八颗全没了。

小五子竟又在樱桃家院子站着,那小子和樱桃面对面,伸着鸡爪似的手,上面托着几颗红莹莹的樱桃。"樱桃,尝尝,新鲜着呢,味儿美着哩!"樱桃伸出两个白手指去小五子手心里捏了一颗放在嘴里,眼睛一眯笑了。好小子,用我的宝贝跑这里献宝来了!我冲过去,一拳头杵倒小五子!"我就知道是你干的!"

"摘了咋的?你家樱桃长得馋人,舍不得让弟兄们尝?我摘了也不是自己吃!"小五子坐在泥地里叫唤。

樱桃傻站在那儿,脸红得像掉在地上的樱桃。我看见大颗的眼泪从她大眼睛里落下来,我的心像被揪掉了一样疼,想说啥都忘了。樱桃扭身跑回屋关了门。

我好没意思地回家去,樱桃是不会尝我的樱桃了。我天天看着樱桃熟落了,落了一颗,又落了一颗。

娘说:"小五子和樱桃定亲,你也该去忙活忙活。"

我冲出去,拿来镢头把那樱桃树连根刨了,每一镢头都刨我心上一样,红莹莹的樱桃散落在地上,跟我滴的血似的。我躺在樱桃树的尸首上,嘴唇咬出了血,娘坐在门槛上哭:"小祖宗,造孽哟!"

小五子定亲那天,我没去,我跟着包工头走了。

娘捎话,说想我,我不回。娘捎话,说回家相亲吧,我才不回呢。过年,我就要求在工地上看摊儿。

这一转眼出门四五年了,樱桃和小五子的孩子都满街跑了吧。

娘捎话,樱桃熟了。

不许跟我提樱桃这俩字,咋又提呢?捎信的人只是呵呵笑,回吧,可别等樱桃落了。

村里变化还不小呢,篱笆都换红砖的墙了。

我家的石头矮墙显得低得快塌了,院子里绿葱葱的,是啥?满院子樱桃树,红的,绿的,黄的,白的,珍珠玛瑙似的,叶底下藏也藏不住的都是樱桃,有的枝条都压弯了。

"傻着看啥哩?还不是你打落的樱桃?第二年竟长出一片苗苗。"娘抹着泪看着我笑。

樱桃灌木丛里钻出一个陌生的女人,拉着个光腚娃儿,手里端着一小瓢樱桃,冲我笑笑,和娘招呼一下走了。

"这一院子樱桃啊,村里人谁馋了谁来吃,那是五子家的和五子的娃儿。"娘看着我还是犯傻的样儿,一拍自己的脑门子,"瞧我这记性,还不快去喊樱桃来吃?这苗儿都是她栽的,全村人都尝了,就她没尝,说等你呢。"

"后来咋了?后来樱桃不就成了你奶奶了!"我呵呵笑着,拍了小孙子的脑壳。

乡村爱情·谁来为我做嫁衣

看电影

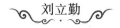
刘立勤

日子真难熬呀,一锄头一锄头地锄,身后的草已经倒伏了一大片了,老阳儿还是吊在空中一动不动。老阳儿也真的厉害,晒得苞谷叶子卷成了卷儿,晒得刚锄倒的杂草立马就冒出了烟,晒得小伙子心里像是着了火。很想躲在地边的树荫里凉快一会儿,该死的知了又像是死了娘一样大声地号叫。日子难熬,苞谷地里就弥漫着一种情绪,真想撂了锄头回家睡大觉。

"晚上后湾村有电影,加把劲儿,把这块地锄完我们就收工。"

队长像摸准了小伙子的脉,喊完一句话,知了的声音没了,心里的抱怨也没了,就听地里的情绪欢快了起来。嚓嚓嚓,苞谷行间的草没了,苞谷秸秆的根部立即隆起一个圆圆的土堆。土堆不仅给了苞谷站立的力量,而且还凝聚了足够的水分,到了秋天,一定会结出一个粗壮的苞谷棒子。

苞谷棒子是久远的事情,着急的还是晚上的电影。多长时间没有看电影了?一个月,两个月?已经记不清了,反正已经很久了。记得上次看电影麦子还没黄呢,现在呢,麦子归仓了,苞谷也长出了红胡子,转眼就该是秋收的时候了,早就该看场电影了。小伙子知道队长是个阎王,干不完是放不了工的,放不了工就看不成电影,那就加把劲儿吧。嚓嚓嚓,苞谷一行行往后退;嚓嚓嚓,老阳儿一步步往前走。有了盼头饭都可以不吃,活儿就跑得飞快,老阳儿还没有落山呢,地里的活儿就干完了。不等队长吆喝,小伙子扯起腿就跑了。

谁不喜欢看电影呢？电影里的男人，那才是男人呢，身边总有女人围着；电影里的女人，更是生得像狐狸精一样勾人魂，谁不喜欢？再说了，平日里总是忙，事情一桩接一桩，忙得鬼吹火一样，根本就没有闲暇出门。只有到看电影的时候了，十里八乡的姑娘小伙子才聚在一起，东瞅瞅西望望，眼珠子那么一转，彼此钟情悦意。来年的春天，请个媒婆子上门，一桩姻缘就结下了。于是，哪里放电影了，年轻人不管五里十里二十里，没远没近地跑，反正年轻，反正有的是力气。

那就看电影吧。

电影是在打麦场上，两根木柱子扯开一张银幕，一片人就在打麦场上昂着头，看电影里的人在银幕里忙活。只有年轻人不安分，围着场子转悠。找见了是一片欢喜，找不见了就是一声叹息。小伙子围着场子转了三圈了，还没有找到自己要找的姑娘，真是急死人。想起上次看电影是在前湾呢，放的是什么片子已经记不得了，只记得姑娘那深深的酒窝和那条长长的黑辫子。小伙子虽然躲在场子外面的暗影里和她说了半天的话来，还不知道姑娘叫什么。鼓起勇气问一声呢，姑娘说："等下一次吧。"下一次是什么时候呢？小伙子只有等。

终于等到了下一次了，可那姑娘还没有来，小伙子快急死了。同行的伙伴儿建议他安心看电影，继续等那个姑娘到来。小伙子哪有心思，都看几十几遍了，背都背过了。那就不看了，那继续去找那姑娘吧。

那姑娘还是没有来，小伙子找了三圈了。"咋没有来呢？是不是家里有什么事情？是不是相中了另外的小伙子？"小伙子没底了，一遍又一遍到路上去找，还是没有来。"仰望星空，天河似乎变窄了，牛郎都快过河会见织女了，你咋还不来呢？再不来了我就……就什么呢？"

还就继续等吧。小伙子发现等人是那样的无奈，那样的熬煎人，比在地里等天黑还要烦人，比上次回家等下次的电影还要漫长。不知道等了多长时间了，可如果她来得太迟的话，这次的电影就白看了。电影白看了是小事

情,可人不能白等了。小伙子想到这里就打算去迎接那姑娘,就是到她家里也要接到她。

哎呀!她终于来了。就在小伙子准备出发迎接的时候,她终于来了。小伙子心里的烦躁和不安立马就烟消云散了。那姑娘比他多走了十里路呀,那可不是闹着玩儿的。小伙子的心一下子就明亮了。陪着她来到场外的阴影下,心里一直"扑通扑通"地跳,满肚子的话也在心里"扑通"跳,可就是说不出口。说不出口也没有关系,只要相互喜欢,不说话心里也是甜的。

那姑娘真的来得太迟了,在一起连名字都没有顾上问呢,电影就散场了,他真担心还有没有下一次。小伙子跳起来想骂人,姑娘一把拉住他,急急地说:"我叫菱花,你中秋节找人来提亲吧。"菱花说罢,扭着屁股就走了。待他缓过神来,菱花已经走远了。望望那越来越远的身影,焦急了几个月的小伙子终于笑了。想起刚刚散场的电影,真××好看呀。电影真的好看。那么,下一场电影到什么时候放呢? 小伙子不知道。

他想,要是明天就好了。

末了,他又想,要是天天放电影就更好了。

桃花坞

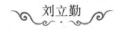

刘立勤

　　那个地方原来叫什么名字,我已经记不清楚了,反正不叫桃花坞。可我知道后来它改名叫桃花坞了,却是因为表哥的缘故。表哥是个普通的农民,能让一个地方把叫了几百年上千年的名字改了,真是一件让人羡慕的事情。

　　表哥是我姑的孩子。表哥的小名很古怪,叫"吃饱"。我姑在解释表哥的名字时,说表哥一出生就有一个毛病,就是每次吃饭都要吃饱。没奶水了可以喝开水,没有饭了可以喝菜汤,反正要吃饱。如果缺一口而没有吃饱,他就会不住地哭闹,闹得让人不得安宁。

　　表哥有个叫吃饱的小名,很少有吃饱的时候。在别人家孩子都在四处游玩的童年,表哥总是在四处寻找能吃的东西。表哥很会找吃的,他下河逮鱼,捉青蛙,抓螃蟹,上山找野菜,采摘野果或者蘑菇、木耳。他还会在林子里设置圈套套野兔子,架设机关勾引松鼠,用小老鼠去钓蛇。表哥的手艺很高超,很少有失手的时候。

　　我和表哥最喜欢摸鸟窝掏鸟蛋。那时候的鸟儿很多,麻雀、燕子、水雀、喜鹊什么的到处都是,而且这些鸟经常糟蹋田里的庄稼。他不摸燕子窝,燕子不害人。最喜欢摸麻雀窝,麻雀最爱糟蹋粮食。麻雀窝大多安在房檐或者墙窟窿眼里,一掏一个准儿。麻雀蛋有指头那么大,颜色像鹌鹑蛋,味道比鹌鹑蛋好吃多了。我们也到河边的柳树上掏水雀蛋,大小和麻雀蛋一般,

颜色是象牙白的，非常漂亮。我们掏喜鹊窝的时候还受过一次惊骇，竟然在窝里掏出一条也来掏蛋的蛇。这些都不算稀奇，印象最深的应该是找野鸡蛋。

表哥家在一个山窝子里，四周是不高的山，山上有稀疏的松树，更多的就是灌木林和挨挨挤挤的藤架，那藤架就是野鸡的家园。野鸡生得美丽迷人，而且聪明狡猾，我们无数次寻找野鸡的窝，每次都是无功而返。野鸡也有一个习惯，就是下了蛋要和家鸡下蛋一样炫耀一番。听见野鸡的叫声，我们认准地方，急忙赶过去，可什么也没有。几次空手而归后，我不再寻找野鸡蛋了，表哥却不放弃希望。表哥当然没有带回野鸡蛋。不过后来的一次，表哥带回来了几只小野鸡。表哥把小野鸡养大，又把它驯化成为诱子，让它带领我们去寻找野鸡窝。于是，我们就有了吃不完的野鸡蛋。

有了这么多的吃食，表哥长得高大威猛很有阳刚之气，也很受姑娘的喜欢，就连支书也主动要把女儿嫁给他，表哥一口回绝了。他喜欢上了桃花。桃花生得真是漂亮呀，水雾雾的眼睛，粉嘟嘟的脸，水蛇腰一扭，两条长辫子打得两瓣屁股"啪啪"响，害得小伙子的眼睛也跟着"啪啪"响。可是想归想，谁也不上门提亲，因为桃花的父亲是地主反革命，谁愿招理呢？只有我表哥愿意。

表哥拒绝了支书的女儿，喜欢上了桃花，支书就处处为难表哥，有什么苦活儿脏活儿都派表哥的差。表哥不在乎，只要心里有桃花，干什么他都愿意。

这回是到县城交公粮。两拖拉机的麦子呀，支书只派了表哥一个搬运工，两车粮食卸完，累得他浑身散了架，而且饿得虚汗直流，人成了一团泥。表哥是怕饿之人，拿出身上仅有的两毛钱想到街上买两个馒头。谁想，一到街上他看见有人在卖仙桃。仙桃真是好看也真稀罕呀，他没有见过也没有吃过。他想，桃花虽然叫桃花，她肯定没有见过也没有吃过仙桃。表哥毫不犹豫地用仅有的两毛钱买了一个仙桃。

表哥强忍住饥饿抱着桃子回了家，支书又安排他立即去水库工地。表哥想着桃花,就用报纸把那个桃子仔细地包好了,锁在自己的箱子里。他想:"等我回来,我一定要看着桃花吃桃子,桃花不一定有多么高兴呢!"

五天过后表哥从工地回来,满怀欣喜准备和桃花一起吃仙桃。当他剥开一层层的报纸,他发现桃子变成了一汪水,只有一枚桃核安静地躺在水中。表哥没有吃过仙桃,桃花也没有吃过仙桃,他们不知道桃子是不能长久保存的。桃花没有吃上桃子,却收获了爱情。为了纪念他们的爱情,表哥把桃核种在新房的窗外。表哥说:"过几年我们就可以吃我们自己种下的仙桃了。"

可惜,桃花没有等到桃树开花就生病去世了。桃花死后,表哥痛不欲生。我姑说:"你死了,桃树就会死了。"表哥听了,就精心地照料他的桃树。他知道,他要是死了,桃树也会死了,桃花也就真的死了。

桃花真的开了。到了麦黄时节,纤细的树枝上竟然结了几枚硕大的仙桃。表哥把仙桃摘下来,供奉在桃花的墓前。桃花终于吃着了仙桃。

表哥的性子拧,桃花吃罢了,他又把那桃核种进了地里。一年又一年,表哥把满坞子的荒山都栽上了桃树。到了春天,满坞子是灼灼的桃花;到了夏天,满坡都是挂满桃子的树林。那番景象谁见了,谁都会喜欢。

后来,一个记者来这里游玩过后,把它拍成照片,连同表哥的故事一起登在了报上。

于是,这个地方就改名叫了桃花坞。后来,桃花坞就成了一个火爆的旅游景点。

再后来,我表哥也去了,去寻找他的桃花去了。表哥走了,桃花坞的桃树依然还在,每年的春天里桃花灼灼的时候,人们依然讲述着表哥的故事。

西番莲花开

警　喻

　　田野歪着身子靠在粗壮的树干上，抻着脖子向山下张望，他的姿势很容易让人联想到似乎有上吊的意思。此时，刚刚二暑，山上的树木叶子正茂，骄阳从树隙里挤进来，鲜亮地洒在草地上，茵茵青地就有了些夺目的斑斓。

　　前一天晚上，田野回家吃饭，麦娣见他回来，麻利地去菜园摘了根又青又嫩又直的黄瓜递给他。田野接过黄瓜回身间，园子边那株西番莲开得五色缤纷煞是艳丽，把他的心煮了个滚开。他一口咬掉一大截黄瓜，对麦娣说："好，真好，水灵，像你。"麦娣脸红，公婆也看在眼里。没人时田野突兀地对麦娣说："嫂子，咱俩过吧。"

　　自从哥哥去世以后，田野曾向嫂子麦娣暗示过，麦娣装傻，置若罔闻。

　　田野终于把这话讲了出来，麦娣就劝："那样会被人笑话的。"

　　田野说："我不怕，你要不答应，我一辈子不娶。"

　　麦娣心中暗喜。她知道二弟一根筋，认准的事儿九头牛也拉不回。就说："二弟，你咋这么浑啊？"

　　田野说："你要怕村里人笑话，咱俩出去打工，孩子有娘照顾没事儿。"

　　麦娣说："你这是往死里逼我呀！"麦娣喜极而泣，实在拿他没办法，只好同意和他外出打工。

　　说好了，今天就走，按计划他先走一步，麦娣随后跟来。可这都快晌午了,也没见她的影子,田野心里就悬了起来。他拿出手机拨了过去,麦娣手机关了。

田野沮丧地踹了一脚身边伞状的松树,硕大的树冠轻微一颤,栖落的鸟儿翻飞云间,留下响铃一串。

其实,麦娣已从家里出来了。刚走到村口,被村主任迎面叫住了。问:"干啥去?"

麦娣说:"出去找点活儿干。"

村主任说:"还当你是小姑娘啊?刷盘子洗碗人家都用黄花姑娘,知道不?外面的钱也不是好挣的。"

麦娣一脸茫然地问:"那咋整?"

"你这样,"村主任停了一下,"你跟我到村上猪场去,在那儿干点零活儿吧。"

麦娣犹豫了。

村主任说:"我知道山上有个人在等你。"

麦娣那张杏腮桃脸惊得有些扭曲:"你怎么知道?"

"我是谁?我是村主任!他田野一撅尾巴拉几个粪蛋儿我都知道,啥事能逃出我的眼睛?没事儿,你把手机关掉。"

麦娣迟疑了半晌,折回身跟着村主任去了猪场。

等在山上的田野左等右等不见麦娣的身影,就返回了家,气咻咻地踢门进屋。娘惊异地问:"你咋回来了?她呢?"

田野气哼哼地说:"没看见。"

娘说:"你前脚走,她后脚就走了。"

田野觉得蹊跷,便在村子里找,有人说:"她跟村主任去了猪场。"

田野心头一颤,就去了猪场。

猪场在村子东头的山根下,离村子不到二里地。田野曾在猪场做过配料员,一干就是两年,后来,村里的年轻人都去外面打工,逢年过节大包小包地往回拎东西,他就熬不住了。更主要的是他想和麦娣在外面租个房子生

活在一起,这样既避开了村里人的笑话,又能照顾麦娣,是个两全之策。于是,他就跟村主任说:"不干了。"村主任满脸疑惑:"好好的咋说走就走,钱儿少不是?"田野说:"不少,只是我怕在这干不好。"村主任说:"有啥干不好的?你当这个场长都绰绰有余,再说村里的年轻人都走了,村里的经济咋发展?不走行不?"田野说:"我得走,地方都找妥了。"村主任只是笑了笑:"你随便吧。"其实,田野也就是试探性地一说,他没料到村主任一点挽留的意思也没有,无奈就挟着行李卷回家了。

田野的这个心事是没法公开的,也是没人知道的。他们迈出这一步有多艰难?马上就要和麦娣双栖双宿了,没想到,村主任插了一杠子。田野边走边想猪场里会发生的事儿。村主任是个活跃的人,平常好说些荤嗑;村主任是个好闹的人,平常就跟村里的妇女们动手动脚。猪场里多是男工,没有女人。麦娣去了,她是猪场的唯一女工。村主任还不得像几辈子没见过荤腥一样打她的主意?会不会把麦娣……想到这儿,田野就加快了脚步。

猪场里静得出奇,村主任一定有鬼事。

田野放轻了脚步,像影子一样贴着墙根儿溜到猪场办公室门外。耳朵贴在门板上,半天没有动静,正在进退两难之时,门里倏然传出麦娣带有难以抑制的迸发出的笑声,很短,只是一闪而逝。

这一笑,一定是出了鬼事。

田野怒不可遏,一脚把门踹开。就在门被踹开的那一刹那,他被眼前的情形惊得目瞪口呆。

村主任和麦娣站在两侧,后面是场里的伙计们。一条横幅扯起,上书:"欢迎田野场长。"

田野晕了半天,拉住村主任的手摇到半空:"你小子尽××鬼子六子的!"

村主任说:"臭德行,你心里有美事我看不出来?你小子能前脚走,我就能让你后脚回,要不我这村主任还当个屁!你俩好好干吧……"

场区的西番莲开了一片,热烈、娇艳、灿烂。

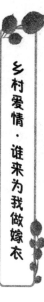

兰花花

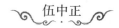

伍中正

　　兰花花是地主徐福康的小老婆。当那顶一路颠簸的花轿在徐福康的院子里停稳时,兰花花就成了徐福康的小老婆。

　　那年,徐福康五十岁,兰花花二十二岁。

　　兰花花二十二岁的天空里是一天的好景致,湛蓝的天空,飘着无语的白云。

　　白云飘荡的天底下,徐福康有着一百二十亩水田,在徐庄,那些田一丘连一丘,肥力足,水路又好。

　　有空,徐福康就带着兰花花看那一丘连一丘的稻田。那绿浪起伏的样子,让徐福康的脸上写满了笑容,也让兰花花沉醉。许久,徐福康就对肚子没有隆起的兰花花说:"只要你生了儿子,这田就是我家的,也是你兰花花的!"

　　兰花花羞红着脸,隔着衣衫,用手轻轻地摸着肚子。兰花花觉得自己的肚子空落落的,像没有装下种子的袋子。

　　徐福康的院子非常大。非常大的院子里,那一座座被桐油漆过的木仓仍散发着桐油的光泽和气味。很多时候,徐福康带着兰花花走到那一座座木仓前,用一竹质的烟斗,响亮地敲几下,沉闷的声响,回荡在院子里。

　　徐福康没有放弃敲每口木仓,直到敲出兰花花脸上的笑容。果真,兰花

花脸上绽放着笑意,她亲手接过徐福康手中的烟斗,很有节奏地敲得木仓发出沉闷的声音。

那一天比一天黄的稻子生发了徐福康胸中的快意。他想:"明年青黄不接时,又该放多少租呃。"他狠劲地抱着兰花花,释放着心中的无限快意。兰花花被那种突如其来的快意,快速地击倒。

那一百二十亩田的租子还没有收,徐福康就被关了起来。真是人算不如天算,徐福康的一百二十亩田一夜就被充了公,一百二十亩田的稻子也充了公,连所有木仓里的余粮也被徐庄的人分了。

人们分到了粮食,就渐渐忘记了兰花花。在整个庄子里,粮食是最重要的,徐福康是重要的,不重要的是兰花花。徐福康被押走之前,死活不肯走。他被区长和长工刘长生推搡着出门。一脚跨出门槛前,徐福康对兰花花说:"花花,咱们的日子就这样完了。"

一句话说出了兰花花眼里的泪。

兰花花二十二岁的天空里,下起了雨。

在徐福康走后的第一个夜晚,下了一整夜的雨。那些雨点或稀疏或密集地打在徐福康住过的院子,打在徐福康曾经打开又关上的窗户上。

在那个雨夜,兰花花想起了长工刘长生。

在如此大的院子里,兰花花的眼里一直有一个人影晃动。那个人就是刘长生。尤其是刘长生在她进入徐家大院的第一天,就冲她一笑。那一笑持续的时间很短。她觉得,刘长生那一笑里一定藏着一份东西。有几次,兰花花想把这事告诉徐福康。可是,话到嘴边,兰花花又像咽着徐家的饭菜一样简单地咽回去,在徐福康面前更是若无其事。

庄子里的人对兰花花没有怎么样。对徐福康就不一样。斗徐福康的次数越来越多,每次斗徐福康,都是区长和民兵组长刘长生。刘长生再不是长工了,每次斗徐福康,徐福康都跪着,跪在刘长生的面前。兰花花在一边站着陪斗,她看着徐福康越来越虚弱的身体,眼里的泪没有落下来。

徐福康死了。

再没有人斗他了。

兰花花再不陪斗了。

兰花花的二十二岁还没有完。

刘长生到区里开会要经过徐福康的大院,也就是要经过兰花花的门前。

兰花花坐在门前,看见刘长生从门前走远。

刘长生回来,天还没黑尽。兰花花出来拉着刘长生的手说:"不走了,长生哥哥。"

刘长生说:"我还要给区长汇报呃,要来明天来。"

兰花花看着刘长生的背影在黑暗里消失。

区长非常严肃地对刘长生说:"千万别上了地主小老婆的当。地主的小老婆也会使用美人计的。"

回到屋里,刘长生一夜没有合眼,心里想:"我可不能上你兰花花的当。我决不中你兰花花的美人计。"

刘长生再去开会,依然经过兰花花的门前。

兰花花依然站在门口看他走远。兰花花多么希望刘长生能回过头来看自己一眼,甚至对自己一笑,就像自己进入徐家大院后,刘长生给自己的一笑,很微妙的一笑。

兰花花私下里想过:"你刘长生对我那么一笑,心底里就不干净。"

刘长生开会回来。兰花花拦住他,就说:"天黑了,就在我家里睡。"

刘长生一把推开兰花花,走之前,留下了两句话:"我不会上地主小老婆的当。让我睡也不会睡。"

刘长生的两句话像两把锋利的剑,一下子刺疼了兰花花的心,谁也没能拔出她心里的两把利剑。

刘长生走的时候,兰花花再没有望他一眼。她的眼里流出了泪水。

兰花花二十二岁的天空,依然很美丽。她望着天上的云朵,平躺在收割后的田里。除了静静走过的风之外,她觉得四周太安静了。

兰花花需要这种安静,她把锋利的剪刀迅猛地扎进咽喉的时候,殷红的

血在她的脖子上疯狂地流动。

兰花花的眼睛始终没有闭上。

一路走远的风中掺杂着血腥味。等区长和刘长生赶到,兰花花的身体已经僵硬地躺在徐福康的田里。

区长说:"长生,就地掩埋。"

刘长生看了看兰花花曾经拉过自己的一只手,始终没有看出什么。

刘长生轻轻抱着兰花花,他一直没有想到自己给过兰花花什么。

兰花花二十二岁快要结束时,刘长生很快地帮她找到了墓地。

青 秧

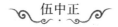

伍中正

　　春天的太阳当顶,村子里就暖和起来。赵青梅看了看天,就走在暖和的天气里。

　　赵青梅要到果皮的田边去。果皮的田在梅花塘边,她经过梅花塘,见塘里的水清清的,有鱼在塘里快乐地翻着水花。

　　赵青梅想:"鱼,你使劲地翻花吧。"

　　田里的泥稀稀的。果皮在田里撒谷种,腿上沾了不少的稀泥。

　　赵青梅就说:"果皮,我来帮你撒。"说完就卷了裤子,下到田里。渐渐地,白白的腿上就沾满了稀泥。

　　果皮站在田埂上看赵青梅一把连一把地撒谷种。果皮没有想到赵青梅把谷种撒得那么均匀。

　　撒完谷种,果皮留赵青梅住下来。赵青梅说:"不住。"

　　果皮就看见赵青梅两腿的泥,扭着屁股从窄窄的田埂上走回去。

　　赵青梅走到梅花塘边,她看了几眼那些翻花的鱼,就幸福地一笑。

　　果皮忘不了赵青梅,只要一想起她撒谷种的样子,只要一想到她扭着屁股走上田埂,他就忘不掉。

　　"你要忘掉赵青梅。"果皮就听安菊说。果皮门前的梨树上,是一树的梨花,那些梨花密集在枝上,有花瓣儿在微风里落。果皮和安菊坐在梨树下。

乡村爱情·谁来为我做嫁衣

安菊看着果皮,果皮看着落花。果皮想:"梨花,你们自由自在地落吧。"

安菊问:"听见了?"

好一会儿,果皮对着那树梨花才说:"听见了。"

安菊的那句话,在果皮的心里没有停留多久,就像那些洁白的梨花在枝上没有停留多久一样。果真,果皮把赵青梅给忘了。

果皮就跟安菊好。

田里的水有薄薄的一层,很亮。果皮就和安菊坐在田埂上看那些密集的青秧。

安菊问果皮:"心底还有赵青梅?"

"忘了。"果皮的声音。

快到春插的时候了,各家各户的秧一天天绿了。果皮田里的秧,也不例外。

赵青梅知道果皮跟安菊好了。她想到要用一种疯狂的举动,给果皮看。

赵青梅就有一个恶毒的想法:要割了果皮田里的青秧。

赵青梅没有找果皮,也没有去找安菊,而是找了一把划镰。那划镰锋快,割菜断菜,割秧断秧。

星光天,赵青梅没看一眼梅花塘的鱼使劲儿翻花,拿着那把划镰就下到果皮的田里。一把划镰就在胸前不停地跳动。那些遇到划镰的青秧,发出了脆脆的响声。

赵青梅觉得那响声,就像一种流淌的音乐。她一直听着,并且制造着。

赵青梅没能停下来。

天亮前,那些沾着露水的青秧,没一根是站着的了。

天亮前,赵青梅沿着瘦窄的田埂,走过梅花塘,回到了家,一路上没有一个人看见她。

天一亮,果皮家就春插。他要把田里的秧一纽纽扯起来,绑成一把,洗净,挑到更多的田里去插。

果皮走到田边,一田凉凉的水,水上漾着散乱的青秧。

果皮很明白，是谁割了自己家的青秧。果皮随口一句："好傻的赵青梅。"

看着人家春插的情景，果皮跺跺脚，嘴里说："我就要和安菊好，割了我的青秧，又能咋样？"

那年春，果皮的田里没插一株禾，翻耕过来的田，长了一田的杂草。

一树的梨惹了果皮的眼。果皮在树上摘梨，安菊站在梨树下。个头不大的梨，还没有熟。

果皮摘下几个梨要放进包里。安菊不要他放，还说："在外面找到了好工作，谁还吃没有熟的梨？"

果皮也不跟安菊争，把那摘下的梨，轻轻地放在地上。安菊走过去，还狠狠地踹了一脚，又一脚，直踹到那些梨破碎，流出汁来。

果皮要跟已经开始的夏天告别。他背了包，出门了，身后跟着穿得很单薄的安菊。果皮不时回头看一眼她，还看一眼生长青秧的田。

年底，果皮回来了，安菊没有回来。

年底，果皮在梅花塘边紧紧地抱过一回赵青梅。

年底，赵青梅让果皮娶回了家。

冬日的暖阳下，果皮跟赵青梅坐在梅花塘边。塘里的水浅了，没有鱼翻花。赵青梅问："塘里的鱼咋不翻花？"

果皮说："天气冷，鱼沉到水里就不翻花了。"

赵青梅"哦"了一声。过一会儿，赵青梅说："我帮你撒谷种的那天，好多鱼翻花。"

果皮说："那是春天，暖和。"

赵青梅又"哦"了一声。

赵青梅好像有什么话要说。

果皮早就看出来了，说："赵青梅，我跟你都在一张床上睡了的人，有什么话就直说。"

赵青梅就说："果皮，不瞒你，那一田的青秧，是我割的。"

果皮说:"我晓得是你赵青梅割的。"

赵青梅问:"你为啥还娶我?"

果皮说:"你比安菊好。安菊要在我跟你之间插一杠子,那一杠子毁了我一田青秧。"

赵青梅说:"果皮,心底里还有安菊?"

果皮说:"早忘了。"

来年春,天气暖和。果皮在田里撒谷种,腿上是稀稀的泥。穿着红衣服的赵青梅就站在田埂上,她像一团耀眼的火,灼了果皮的眼睛。赵青梅直看到田里长出青秧来,直看到果皮喊她回家。

回来的路上,赵青梅回头看着那块田说:"秧青了。"

"秧青了。"果皮的声音。

乡村爱情诗

李世民

1988 年夏天,很热。

高考落榜的我回到了乡村里,很烦。

当我在知了聒噪的叫声中百无聊赖的时候,爹摘来一筐鲜桃子对我说:"你去双桥集上卖了吧。"我犹豫了一下,勉强答应。

我骑着自行车,带着那筐桃子来到了双桥集上。赶集的人来来往往,有的匆匆忙忙,有的东张西望,有的讨价还价,只有我把头耷拉得像一盘熟透的向日葵,目光只盯着面前那堆熟透的桃子。

其间,我还是抬了一回头,因为我好像听到了一个熟悉的声音。果然,街道对面的服装市场上,我看到了一个熟人,我的同学崔颖。阳光下的崔颖,绿色的上衣像一簇簇桃叶,红扑扑的脸蛋更像一枚熟透的桃子。在学校时听崔颖说过,她父亲是卖服装的,现在,她正帮着父亲卖服装。

是的,我知道,崔颖也落榜了。

第二天,我对爹说:"我还想去双桥集上卖桃子。"爹眉头皱得像一颗发霉的桃子:"再让你去,桃子不烂掉才怪呢。"

然而,我还是想去双桥集上,因为我知道,我的同学崔颖一定也在夏日里的双桥集上绽放。可是,去双桥集上,要有一个充分的理由吧,我在院子里转来转去,转去转来。终于,我发现父亲居然把秤砣忘在鸡窝上了。我如

获至宝,对娘说:"俺爹把秤砣忘家了,我要去双桥集给他送去。"

路上我想,到了双桥集上,一定要给我的同学崔颖说一句话,甚至说一会儿话。还有,我要把口袋里两枚鲜艳的桃子送给我的同学崔颖。

我的脚步很快,双桥集很快就到了。太阳很毒,毒得像马蜂蜇人,蜇得我头皮发胀,蜇得我抬不起头来。我觉得双桥集上的所有人都在看着我,都在用眼睛盯着我。走过服装市场那个路口时,觉得我的同学崔颖也在看着我,在用眼睛盯着我,以至于我头耷拉得像一片霜打的红薯叶,最终没能够抬起来。而我口袋里那两枚鲜艳的桃子,终究也没能呈现在我的同学崔颖面前。

第三天,我对爹说:"让我再去卖一回桃子吧。"爹眉头皱得像一颗烂桃子:"双桥集上,有你的魂吧?"

我终于再没有理由去双桥集上了。

我只有坐在后院的桃树下,托着腮帮,想象双桥集上人来人往的景象。想着想着,我就想到了崔颖红扑扑的脸蛋。这树上的桃子,多像崔颖的脸蛋,如果这树上的桃子真的是崔颖的脸蛋,我可以把桃子摘下来,捧在手里,或者珍藏在衣服上的口袋里。

桃树下的我,突然升起了写诗的灵感。

> 桃花,在春天开了
>
> 心情,在春天绽放
>
> 桃子,在夏天熟了
>
> 爱情,在夏日里萌芽
>
> 崔颖,像春天里的桃花
>
> 轻轻地开在心里

这就是我在院子里的桃树下,写给崔颖的爱情诗。我写诗的时候,是半蹲在地上,把一张纸铺在膝盖上,很虔诚也很热烈。

接下来,我就想着怎样把这首爱情诗传递到崔颖手里。我不止一次地设想,我的同学崔颖在读这首诗的时候,脸上布满了羞涩,也布满了笑容,她的脸多像春天里一瓣飘香的桃花,多像夏日里一枚熟透的桃子。

我几乎绞尽脑汁,总算想出了一个万无一失的办法。

那天晚上,我悄悄把一篮又鲜又大的桃子送给了邻居瓦子。那篮桃子是我选了又选、拣了又拣的,都是百里挑一的好桃子。

见到那篮鲜艳的桃子,瓦子的眼睛就亮了,他受宠若惊地说:"兄弟兄弟,有啥事让哥哥办的你尽管说。"就这样,我把那首用三层纸两个信封包裹的爱情诗郑重其事地交给了瓦子,然后我又郑重其事地告诉瓦子,一定要亲手交到我的同学崔颖手里。只见瓦子信誓旦旦地说:"兄弟放心,哥哥一定完成任务。"

事后,我为我的聪明感到得意和骄傲,瓦子不仅是我的邻居,而且他每天都去双桥集,因为他在双桥集上卖茶叶。

后来,我问瓦子:"事办好了吗?"瓦子狡黠地点了点头。

再后来,我等啊等啊,就是没有等到我的同学崔颖桃花盛开的声音。

有一天,我的邻居瓦子结婚了,怎么也没想到,新娘居然是我的同学崔颖。

那天喝喜酒,我喝醉了,客人都走了,我还在酒桌上比画着。

新娘崔颖走过来收拾东西时,被我拦住了,我说:"你为什么嫁给瓦子。"崔颖说:"因为瓦子给我写了爱情诗。"我说:"瓦子才上了几年学,他会写诗吗?"崔颖说:"不但会而且写得很好。"

我又喝了一杯酒,然后张开双臂开始吟诗了。

> 桃花,在春天开了
>
> 心情,在春天绽放
>
> 桃子,在夏天熟了
>
> 爱情,在夏日里萌芽
>
> 崔颖,像春天里的桃花
>
> 轻轻地开在心里

崔颖啊了一声说:"你怎么也知道这首诗?!"

我泪雨滂沱。

扑 火

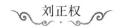

刘正权

　　陈玉梅因为跟关小庆的表哥在婚前流过一次产,所以嫁给关小庆怀孕后人就格外娇嫩,娇嫩得都不像土生土长的黑王寨的人。

　　也是的,黑王寨女人怀孕有谁整天双手捧着肚子啊,好像别人怀的都是一根草似的,这一点让她公公秃关喜很有意见。

　　秃关喜这人吧,头上秃,亮光光的,连带着脸上也秃,有点内容就藏不住。

　　那天,秃关喜去四姑婆家敬香,不用说是初一。四姑婆那儿的香客都知道,四姑婆家里每月有两次大香,初一附近人都可以去敬的,十五是她自己敬。搁平时,四姑婆也敬,但没这般庄重,这般场面。

　　秃关喜敬香时嘴里祷告说:"娘娘啊,给我家小庆送个骑马射箭的,不要穿针引线的!"

　　这话叫四姑婆听见了,在神的面前,四姑婆不好训人。可一出香房,四姑婆到底忍不住,冲秃关喜说了一句:"你都快当爷爷的人了,咋不晓得说句人话呢?"

　　秃关喜挨了训,脸上神色就不好看,换谁都不好看! 秃关喜一拧脖子:"我咋就说的不是人话?"

　　四姑婆不怕他拧脖子,嘴一撇:"咋了,你那叫人话? 娘娘要送个穿针引

162

线的,你不成还把她一把掐死?"

秃关喜噎了一下,小声说:"我是怕生个丫头随她娘,长大了再弄出个什么好说不好听的事来,哪有那么多像我家小庆的男人肯将一泡屎兜着呢?"

四姑婆嘴不撇了,拿眼四处望一下说:"这话就到我这儿为止了,传出去,小心玉梅撕你的嘴,骂你老不清白呢!"

秃关喜也四处望一下:"我还没黄了魂呢,四姑婆,这话也就跟您说说!"

偏偏,这话没在四姑婆这儿为止,居然就传到了陈玉梅耳朵里,应了那句古话:"墙里说话草里听!"

陈玉梅听了,一没闹,二没吵,自己做的事摆在那儿,公公说的也不无道理啊!

只是他不该那样说自己孙女的,假如真怀的是丫头的话!有些话,可以在心里说,但不能从嘴上过!不吵不闹并不等于心里头没火,陈玉梅是憋着呢!

关小庆不知道,整日里唱进唱出的。他有高兴的理由,这一回,可是自己的孩子,不是早先差点就为表哥兜的那泡狗屎了。

陈玉梅被唱得烦不过,那天冲关小庆皱着眉头说:"就你那破锣嗓子,能不能悠着点,别吓坏了肚里的孩子!"

关小庆说:"我是他爹呢,吓不坏的,儿子听了只会更亲热!"

"儿子,儿子,你张口闭口就是儿子!"陈玉梅忽然就火了,"我生个丫头不行啊?"

"行,当然行啊!"关小庆依然笑嘻嘻地,"我这不是顺嘴一说吗?"

也是的,黑王寨人是有这么一习惯。

陈玉梅没了话,捂着肚子发呆,可肚子里的孩子却不发呆,有一下没一下就要动动。

也是的,八个月了,再有一个月就要见天的孩子,正是动的时候呢!

关小庆腆着脸贴近陈玉梅肚皮,说:"叫我摸摸看,是儿子还是丫头?"

"叫你摸摸看,是儿子还是丫头?当你多能啊?"陈玉梅忍不住一笑。

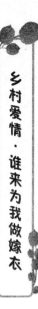

"当然能啊,有感应的!"关小庆把手贴上陈玉梅的肚皮,"瞧见没,他跟我握手呢!"

陈玉梅被关小庆的傻样逗得大笑起来。笑完了,她又不无担忧地说:"小庆啊,我要真生个丫头你不会嫌吧!"

"嫌,嫌谁啊?"关小庆怔了一下,抽回头。

"嫌我和丫头啊!"陈玉梅迟疑了一下,到底说出了口。

"看你说的,媳妇是我娶的,丫头是我生的,我要嫌弃,我还是人吗?"关小庆抬起头说。

"可,可你爹说了的!"陈玉梅眼圈儿一红,"买马看母子呢!"

"啥意思?买马看母子?"关小庆一时没反应过来,他还沉浸在跟儿子握手的游戏中没醒过神来。

"你爹怕生个丫头将来随我呢!"陈玉梅咬了咬唇说。

"随你咋啦?"关小庆这才发现陈玉梅脸上的不对劲儿。

"随我长大了,做出好说不好听的事啊!"陈玉梅终于把秃关喜的原话倒了出来,然后,一双泪眼定定望着关小庆。

"傻媳妇,"关小庆把手停下来,说,"你的心是红还是黑,你的人是好还是坏,你以为我不清楚啊?生个丫头吃你的奶,吃我的饭,又能差到哪儿去?"

"你真的这么看我?"陈玉梅眼泪刷一下奔了出来,打从第一个孩子流产到现在,陈玉梅别说流泪了,连眼圈儿都没红过,她心里被火烧着呢!

关小庆再次把头贴在陈玉梅肚皮,闭上眼睛轻轻蹭着肚子里的孩子,说:"玉梅,我不管你肚子里是儿子还是丫头,有一样,你们娘儿俩得记着!"

"记着啥?"陈主梅拿手捧着关小庆的头,泪眼婆娑的。

关小庆还是闭着眼。关小庆说:"这人,可以一茬茬地死;这事,可以一茬茬地做,但没口德的话咱们不能一茬茬地说!"

说完这话,关小庆突然睁开眼,嘀咕了一声:"哪里来的飞蛾呢,钻我眼里了!"完了急急往门口水井处钻。水井处站着秃关喜。

秃关喜舀了一瓢水,递过来,说:"水可以明目也可以清心的,你洗洗吧,洗洗干净!"

关小庆就听话地洗,不一会儿,洗出一脸的泪花来。

水　桑

张玉玲

　　木藤巷两旁的老墙上攀满了蜿蜒的绿藤，整条巷子散漫着谜一样的幽远气息，像一段曲折迂回的故事，从文字的深处走向尘俗。

　　水桑就是生于藤间的一朵花。

　　木藤巷的女人们都羡慕易的妈妈，她们说："看，你几生修来的福。"看时，水桑正坐在木盆前洗衣服，她清瘦的身影像一条不堪负荷的幼藤，一家老小的衣服全在里面。那时候，易年轻的妈妈是木藤巷最悠闲的女人，属于她的活计水桑全揽下了，包括照顾好水桑的弟弟易——妈妈最宝贝的儿子。可是，易从来没有看到妈对水桑有过好脸色。水桑美丽清澈的大眼睛在妈面前永远闪烁着恐慌。

　　易读初一时水桑出嫁了。水桑的男人很有钱，长得有点儿像易那时的偶像林志颖。易听大人们说，那男人是被水桑的美迷住了，不然他那样的人可不会来木藤巷这样的老街娶新娘。他那样的人究竟是什么人？这些易都不管，易在意的是他的姐姐以后再不用每天干那么多活儿了，也不用在黑暗中默默地流眼泪了。易好几次都看到水桑在没人的地方悄悄掉眼泪。

　　易读初三时水桑离婚了。水桑离婚时夫家的财产一分都没要，只带着不满一岁的女儿回到娘家，被妈骂得差点抱着女儿投了巷子东头的那口古井。那个男人在水桑怀孕时就有了别的女人，水桑知道时，女儿已经快一岁了。听到这些时,易真想挥动拳头,砸在那张酷似林志颖的脸上。那天易第一次对着妈吼。没人处水桑哭得很伤心,水桑说:"他们说只要我留下妞妞,什么都可以给我,但我不能,我决不会让妞妞再走我的路。"那时候易已经隐隐约约地知道,水桑在出嫁前考上了江南一所名牌大学,是妈硬生生撕毁了水桑的录取通知书,所以水桑整整哭了两天后决定嫁人。易还听巷子里的女人们说,水桑不是妈妈亲生的,水桑的妈妈,当年是因为易的妈妈突然闯入这个家,才断然丢下水桑走的,至今了无踪迹。

水桑离婚一个月后嫁给了林。

林是水桑高中时的同学。整个木藤巷的人都知道林对水桑的好,但所有的人都为水桑嫁给林而摇头叹息。尽管水桑已是个离过婚的女人,他们还是把林比作牛粪,把水桑看成鲜花。水桑这朵鲜花在木藤巷,除了易的妈妈,是被所有的人用目光捧着的。而林,他独自住在巷子尽头一间破旧的屋子里,懒懒散散地做着一份可有可无的小买卖,最让人不待见的,是他嗜酒成瘾,逢喝必醉,逢醉必出丑,他这一切怎么配得起水桑这朵花。

木藤巷那些女人们看着水桑走进林那间破屋子,她们似乎比水桑还委屈,她们断定,水桑一定会离开这个巷子的。

那个暑假的天气很热,易坐在通风的窗前读小说,窗外下着夏天里最常见的那种朦胧细雨,就在这时,外面传来了一阵吵闹声。接着,易看到高大的林像一只笨熊般倒在巷子里,泥水溅了一身,巷子两侧楼上的窗户洞开着,窗前站满了看热闹的人。水桑正费力地扯着林的衣服,试图把他拉起来,林却一口吐在水桑的身上和脸上,老远就闻到刺鼻的酒气。易怒气冲冲地奔下楼跑到巷子里,他是要拉着水桑走的,他不能容忍姐姐再跟着一个酒鬼过这种生活。但水桑用乞求的眼神看着易,易看到姐姐那原本花一样鲜艳的面孔,如今已变得暗淡无色。

易回家后再一次对着妈吼:"看看她被糟践的,是你们,都是你们把她给糟践成这个样子的,她原本可以生活得很好的。"整个木藤巷都听到了易的吼声。从此,木藤巷的女人们最关注的事情,就是水桑什么时候离开木藤

巷,甚至有善良热心的人悄悄在外面为水桑物色着好人家。

　　然而,人们不会想到,水桑这么快就要离开木藤巷了,和她一起离开的,还有林。水桑离开前回娘家把里里外外收拾了一遍,然后对易说:"以后,不许再对妈吼。"易却指着林说:"为什么还带上他,他让你受的罪还不够吗?"水桑走近易的面前低着头轻声说:"不许乱说,他对我和妞妞是真心好,他是怕我离开他,只要我们永远在一起,他会越来越好的。"水桑走出门时,妈追了出来,易看到妈把一个镶着绿宝石的戒指放在水桑的手心。易听妈说过,那是妈出嫁时外婆送给妈的。

　　水桑的身影在蜿蜒的绿藤间消失时,易看到了开在老墙上的那朵花,鲜艳,饱满。而之前,易确定木藤巷的藤从来没有开过花。

落 锁

刘 林

黑夜黑，红烛红。屋子里摇晃的烛光同黑夜咬着架儿，烛光短了一寸，夜就长了一寸。

"夏至，半夜里去你叔洞房的墙根下闪个影儿，走个场子。"娘咬着夏至的耳朵，悄声说。

听房是大河古传的风俗。

夏至懂娘的心思，叔都老大不小了，花大钱才买来个媳妇，男娃崽去听个房，讨个喜，好让叔早当爹，将夏家这房血脉传下去。

那个大眼的姑娘哭哭啼啼做了叔的新娘，被送入洞房。一想起那个大眼的姑娘，夏至的心上就像团了把茅草。

墙上糊的泥巴年头深了，经的事也多了，坎坎坷坷脱得七零八落的，墙上细小的缝儿透着烛光。夏至贴着墙根儿，一心捉着洞房里的动静。

叔在一心扯着鼾声。今儿是大喜之日，叔心里头得劲，早喝蒙了。

大眼姑娘呢？咋不见一点动静？她真的安下心，认了命？

几天来，大眼姑娘闹翻了天，要死要活不做叔的媳妇。她说她是被人贩子拐骗来的，在老家都定了亲，求叔放她一条生路。

娘一路好言说："妹子，都走到路中间了，怕是回不了头了。俺也是本分人家。你都瞧见了，俺叔子身强力壮的，脾气好，人又勤快，农活儿样样拿

手,不会亏了你的。"难道是娘的话让大眼姑娘安了心?

夏至突然听到几声啜泣声,像细小的针密匝匝地扎在夏至心上。

洞房的门是娘亲手落的锁。那把黑漆漆的大锁,挂在堂厅的墙上,闲了好多年,大眼姑娘来了,才派上用场。

大眼姑娘进门后,娘和爹都没安生过。大眼姑娘哭过闹过,寻过死,闹得叔心一揪一揪的。娘狠了心说:"俺家叔子,你想打一辈子光棍儿? 这村过了,怕就没那店了。这女人就像河边的柳条,插在哪儿活在哪儿,闹腾一通后,这心就安生了,认命了。"

大眼姑娘从门缝里看到夏至,像逮着救命草,说:"小弟弟,你是懂事理的好孩子。姐是被人贩子拐骗来的,你就帮姐给家里捎个信儿……"

夏至心惶惶的,摇摇头又点点头。大眼姑娘那种生离死别的痛刺着夏至的心,趁娘睡着时,夏至偷来了钥匙,手忙脚乱开了锁。

夏至抓起大眼姑娘的手,急躁躁地说:"姐,趁人都睡熟了,快走! 我送你出山……"

二人刚摸索着出了村子,夏至才喘了口气,心刚落下来,身后的呐喊声就追上来。爹娘发疯似的领着村人沿着山道追上来——他们不能让到手的媳妇跑了。

夏至泄了心气,眼见爹娘追上来,他拉着大眼姑娘藏到荆棘丛中。

"夏至,你个连里外都不分的死鬼! 你放跑了婶子,你叔就得打一辈子光棍儿……夏至,你要是放跑了你婶,你就不要再回家了,大江大河没有盖盖儿,俺养惠都养出了二百五,你死了俺保证一滴泪也不流……"娘的骂声一声盖过一声。

大眼姑娘突然扯着夏至现了身。大眼姑娘说:"是我让夏至帮我逃的,这事怪不得夏至。嫂子,我不走了,我认命啦,在这儿安心啦。"

夏至没想到,大眼姑娘真的安了心,落了根。

夏至在村里再也抬不起头,一直到大,常被人当成嘲笑对象,说夏至没长心眼儿,里外人不分,差点放跑婶子,差点让叔打一辈子光棍儿。

大眼姑娘安心当了夏至的婶子。婶子对夏至好,对夏至亲。

夏至的弟弟都娶了媳妇当了爹，夏至的亲事还没有眉目。这大山里的姑娘没人看得上夏至，说夏至心眼儿实，跟了他怕是没好日子过。

婶子心里一直内疚难过，觉得是她害了夏至。

娘走时一口气不断，一直不肯合眼。婶子也是女人，晓得夏至娘惦念着夏至的亲事。婶子噙泪说："嫂子，你放心吧，夏至的亲事搁在我身上，夏至这房血脉会传下去。"

娘合上眼，放心地走了。

夏至的婚事是婶子一手操办的。婶子尽心尽力，舍了血本，从人贩子手里挑了个模样周正又透着灵气的姑娘。那姑娘跟当年的婶子一样，在老家有了心上人，定了亲，出来打工被人贩子拐骗了。

夏至让婶子把人放了，给姑娘一条生路。婶子说："你个死心眼儿，要不是婶子张罗，这辈子你都得打光棍儿。夏至，你在心里头也想想婶子的难处，你一日娶不上媳妇，婶子心里一日不安生。当年，你都错了一次，还能再错一次？夏至，这女人的命就像河边的柳条，插在哪儿活在哪儿，闹腾一通后，心就安生了，也就认命了。"

夏至闹不明白，婶子咋变得和当年的娘一模一样？

夏至被婶子搀进洞房。夏至第一次喝蒙了，醉得不分东西。他身子软塌塌的，粘在婶子身上。婶子用身子撑着夏至，她懂得夏至心头的苦处，轻声说："夏至，婶子不会看走眼，海欣这姑娘人好心善。待她安了心落了根，你和她的日子就上了道，越过越溜。"

夏至不说话，醉了，但心里头明白。婶子的话一字字砸在他心底，夏至的心一直在疼。

脆生生的一声响，惊了夜，也惊了人心。

还是当年那把黑漆漆的大锁，挂在厅堂的墙上，又闲了好多年，海欣来了，才派上用场。

洞房的门是婶子亲手落的锁。婶子安心地回屋了。"婶！"夏至一下子惊了心，他放声痛哭，"婶，你落了锁，我咋带你逃啊……"

爱情米线

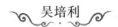

吴培利

苏婷和鲁豫相遇,刚好十八岁。鲁豫和她同岁。苏婷是一个规矩的农村少女,鲁豫则是一个叛逆不羁的城市少年。他们在小镇的化工厂做工。她为了挣钱,他则为了躲避因打架招惹的麻烦。

苏婷又矮又胖,幼时的贫困养就了她拘谨的性格,在年轻喧哗的声浪里,她永远是最沉默最容易被忽略的一滴水。而鲁豫相貌出众,挺拔俊逸,浮雕一样的面孔,眼睛深邃而明亮,是女孩心中的王子。

谁知,鲁豫偏偏喜欢上了苏婷。鲁豫的活儿没干完,就有了约苏婷的理由:"留下来帮帮忙,好吗?"

苏婷心一软,就留下来了。

鲁豫对苏婷越来越热情。

自从他第一眼见到苏婷,就有似曾相识的感觉。他无意中翻开相册,发现了苏婷有一双和母亲相似的忧郁的眼睛,怪不得看到苏婷总觉得似曾相识呢。鲁豫很小,母亲就去世了,是酗酒的父亲把他拉扯大的。父亲对他实施的是棍棒教育。在父亲的拳脚、棍棒下,鲁豫也逐渐学会了用拳头说话。直到有一天,父亲再次对他挥舞棍棒的时候,他一把将父亲搡倒在地,夺过棍棒,折成两截,父亲对他的棍棒教育才无声地宣告结束。

苏婷和他以前的女友有很大不同,那些女孩吸烟酗酒上床打架什么都肯干,就是不肯走正道。苏婷却是个好女孩,家境不怎么好,自尊、自爱、刚强。有人说:"好女人就像一本好书,让你越读越想读。"他遇见了苏婷这本书,他渴望翻阅一辈子。

他们俩经常一起轧马路。真的是轧,从城北走到城南,从大街走进小巷,从天明走到天黑,要是一直走下去,恐怕不平的地方也被他们踩平了。

园林路开张了一家米线馆,叫过桥米线馆。肚子饿了,他们就跑过去饕餮。

过桥米线是云南的风味小吃。传说很早以前,有一位书生在一个湖心亭苦读,他的妻子每天都要过一座桥给这个书生送饭。有一天,妻子觉得丈夫很辛苦,就炖了只鸡放进土罐里准备送给丈夫吃,可是中途有事便耽搁了,等回来才发现土罐里的鸡还是热的,打开一看,发现上面有一层厚厚的黄油,于是就用鸡油烫米线给丈夫吃。书生吃后赞不绝口,因为妻子每天送饭都要从湖的桥上经过,所以书生起名为"过桥米线"。

他们第一次去,就被过桥米线的传说打动了。

那次,鲁豫的兜里只带了五块钱,勉强够买一份过桥米线。苏婷掏钱,他坚决不让。米线端上桌,鲁豫果断地递过一双筷子,口中念念有词:"你一半,我一半。老婆,将来你也做米线给我吃。"苏婷嗅到了爱情甜丝丝的气息。

鲁豫对苏婷很好:苏婷单车的一枚螺丝丢了,跑起来咣当咣当响,鲁豫借骑以后就不响了,原来螺丝已经补上,拧得结结实实的;突如其来的暴雨中,鲁豫扯下自己的 T 恤,遮在苏婷的头上,宁肯自己赤裸着半截身体遭受雨淋;柠檬第一天上市,鲁豫伸出拳头放在她的鼻尖:"猜猜这是什么?"指缝漏下了甜蜜清香……

像莲花一样的,在那年夏日,苏婷轻轻绽放了自己。

意外是突然发生的。那个夜晚,他们搂着肩刚尝完米线出来,一群流里流气的年轻人欺过来,带头的是一个怒气冲冲的漂亮女孩。女孩美丽的面庞因气愤而扭曲。她对鲁豫说:"今天你撂下个话——是要我,还是这个柴

火妞？昨晚我们还上过床……"

　　苏婷被女孩的话语一下子砸晕了。她只注意了鲁豫对她的好，其实并不懂他。在鲁豫身上沾染了太多种颜色。她选择了离开。

　　这些年，她结婚、离婚、再婚、再离婚。一个个男人近了，远了……原本以为收拾起一段感情，另一段感情就会轻易地展开，结果完全不是那样啊。忘记一个人，有时是一辈子的工程。关于鲁豫的信息，她一条也不肯漏掉：他当兵了；他更换了差不多一打女友；他结婚了，又很快离婚，至今形单影只……

　　三十五岁的苏婷重新回到了小城。

　　有公交车开了过来。她无聊地上车，落座，神情萧索。车内电子屏上的一条信息映入眼帘："婷，让我们重新开始，好吗？园林路过桥米线馆见，豫。"

　　苏婷打听到，是一个和自己年龄相仿的男人为了等他的女友，盘下了那家米线馆，至今生意兴隆。

　　"鲁豫，原来爱情这般美好。"苏婷步履轻盈地向园林路走去。

冰雪美人

红 鸟

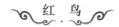

要我说,我们颍河镇最漂亮的女人还是薄荷。

薄荷有一双深陷下去的大眼睛,勾人心魄;她的肌肤,洁白如玉,我们都叫她冰雪美人。

我们颍河镇的男人们都在围着她转。

那年我十五岁,发现自己长大了,因为我发现下巴上已经出现了淡淡的胡须,那是第一批来我这里定居的胡须,我很喜欢它们。

我更喜欢的是薄荷。谁要是送礼物给她或者亲近了她,我就会偷偷去他家,把尿撒他家水缸里。薄荷去地里干活儿,我会在远处偷偷注视她,注视她那一双幽深的秋水,还有那冰雪般的肌肤。

薄荷家就在颍河桥前面,她家门前种了一棵柿子树,一棵很大的柿子树,我经常趁没有人的时候偷偷爬上去,我只是想看看薄荷。

那一次,我正在颍河桥上转悠,看看四周是否有人,准备爬薄荷家的柿子树,突然几个人高马大的家伙走过来。其中一个人我认识,叫毛头,我曾经尿他家水缸里三次,当然这些他都不知道。毛头他们几个都在抽着烟,毛头对着我喊:"伙计,过来。"

我哆嗦着走了过去,他问我:"抽烟吗?"我摇了摇头。我听见他骂了句"胆小鬼",然后把嘴里的烟吐掉,他说:"把这个纸条送给薄荷。"

下了颍河桥看不到他们几个的时候,我偷偷地把那张折成鹤形的纸条拆开了,上面用彩笔歪歪斜斜地写着一行字:"薄荷,晚上来桥洞,我们去吃饭。"

我气得一下子把那纸条撕了个粉碎,然后我回家拿了一袋胡椒粉,来到毛头家的大桐树旁,我用小刀在树上挖了一个洞,然后把一整袋胡椒粉全部倒了进去,我知道这树会慢慢枯死的。

办完这一切,我怕被毛头他们发现,疯也似的跑了,才跑没多远,一下子摔在地上,脸上都流血了,还粘了一根鸡毛。我刚爬起来,正好薄荷走过来。她说:"急啥哩?"我说:"啥也不急。"她说:"信封上插鸡毛,是急信。你脸上插鸡毛,没急事?"说完笑嘻嘻地走了。我愣在了那里,目不转睛地望着她,高挑的个儿,一身红衣裳,恰似一朵映山红。她一步三扭、一走三晃。那胸,鼓哩;那腰,细哩;那屁股,圆着哩;那身段,撩人哩。那成熟女人的风韵,把我迷坏了。

那天晚上,我就失眠了,可能是到了后半夜,我才迷迷糊糊地睡去,朦胧中我梦到了我们颍河镇赖渣家养的那一条狼狗,它正和一条又老又丑的母狗搞在一起,我听见母狗叫了一声,我就惊醒了。顿时,我浑身发烫,再也睡不着了。

我想去爬薄荷家的柿子树。可是我怕,深更半夜,万一被人发现了,我可咋办啊?

但是,我想去,我想去看看薄荷,实在是想去。

去就去。东风吹,战鼓擂,这世界,谁怕谁!

还好,没人。

我鬼一样爬上了薄荷家的大柿子树。

薄荷还没有睡,她穿了一件纯白的睡衣。

忽然,狗叫。

继而,薄荷走了出来。

我吓了一跳,以为薄荷发现了,没有防备,一下子从树上掉了下来。

狗叫得更猛了,好几家的狗都在叫。

我在地上痛得直咧嘴。

已经有几户人家打着手电筒出来了。

我吓坏了,这可怎么办啊?

"快起来!"是薄荷的声音,随即她伸出双手把我抱了起来,她弯腰的一瞬间,我看到了那一双雪白的奶子,我的眼睛一直朝她胸部看,她的脸一红,忙用一只手拉我起来,一只手捂住胸前。

天哪,来了五六个人呢!

我真的吓坏了,我真的不知道该怎么办才好。

这个时候,薄荷扯着嗓门儿骂了起来:"你个小兔崽子,小馋鬼,俺家的柿子才结了几个,你就来偷,摔死活该!"

我愣在那里。

继而,薄荷回到家,拿出了尿盆,往树上倒,嘴里还骂道:"我叫你个馋鬼还吃!"

那五六个人站在一边只是嘿嘿地笑,其中有一个人说:"这个家伙,真馋,深更半夜地来偷柿子。"说完,他们都走了。

薄荷走到我的身边,微笑着看着我。她说:"我理解你,青春期了都这样,你喜欢姐姐我知道,我不怪你,只是你还小,你还有很多事情要做,比如你要好好学习,比如你要上大学,你不能仅仅停留在这里。"

她又说:"回家吧,天很晚了,快回家吧!"

我向她鞠了一个躬,步履沉重地回家了。我想,我得上进了,我得努力了!

我想,我一辈子也不会忘记薄荷了,我会把她看作自己的姐姐。真的,我不骗你。我会把她当成自己的亲姐姐。

那个深夜,我躺在床上,翻来覆去睡不着,就着月光,你准会发现一个十五岁的男孩,在床上辗转反侧……

油菜花飘香的季节

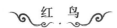
红 鸟

又到了油菜花飘香的季节。

在一个春夏之交的上午,我终于决定了此次的颍河镇之行。作出这个决定,实在是经过了无数次的失眠和痛苦的折磨,因为在那美丽的颍河镇有我朝思暮想的初恋情人,她叫鹤远,她的名字就像这盛开的油菜花一样美丽、芬芳。

"颍河镇漂亮吗?"我问鹤远。

"漂亮,那里很美,那里每到夏天就会盛开美丽的油菜花。"鹤远说。

"那里有船吗?"我问鹤远。

"那里有很多船,每天都有拉纤的船夫在那里唱着高亢的号子,风一起,成排的白帆就像满天的仙鹤,可漂亮了。"

"那里的人勤劳吗?"我问鹤远。

"那里的人可勤劳了,种什么长什么。"

我说:"我要到那里去,我要和你一起去。"

"看你,"鹤远扭了一下腰,"你把我送到渡口都中了。"

我和鹤远最后一次分别就是在这个小渡口,每次她回家,她都是让我把她送到渡口,就不让我去了。

天气有点儿热。

渡船很小，晃晃悠悠的。

"白帆呢?"我问船家。

"看啊，往远处看，那一片白帆就要升起来了。"

啊，白帆就要升起来了，我就要见到我心爱的人儿了。鹤远，已经半年没有你的消息了，你现在还好吗?

"我们要走很远的路吗?"我问船家。

"是的，我们要走很远的路。你去颍河镇干什么，孩子?"

"我去找一个女人。"我说。

"孩子，你会找到她的，你看，油菜花已经盛开，鲜花总是伴随着女人。"

我望着浩渺的水面沉默不语。

"颍河镇是个什么样子的地方啊?"我曾经问鹤远。

"那是一个很古老的小镇。"鹤远说。

"颍河很长吗?"我问。

"很长很长。"鹤远说。

"有多长呢，比我们的爱情还长吗?"

"看你，"鹤远又扭了一下腰，"我们的爱情是最长的。"

天气很闷。

要下雨了，下雨也热。

要刮风了，刮风也热。

要见到鹤远了，我的内心一阵激动，我多么渴望把她拥入怀抱啊!

我突然被一阵船夫高亢的号子声惊醒，我揉了揉眼睛，看到两岸古老的房屋，帆船真的已经抵达了颍河镇。

我手里紧紧握着鹤远给我写的最后一封信，信封上的地址是:颍河镇东街邮电所家属院。

颍河镇真的很美丽，柏油路两边都是出厦房，错落有致。

"哎，劳驾问下邮电所家属院咋走?"我拦着一个行人。

"你往东一直走，走过镇政府，路南就到了。"

鹤远，我是多么的激动啊，我们现在只有几十米的距离了。你在想我吗？我无时无刻不在想你啊，我一直怀念你满头秀发的味道，我就要拥你入怀了。

鹤远，除了没有钱我什么都有，我有真诚、孝心、正直，你还别笑，我说的是真的。

邮电所家属院门口，人们进进出出，可我的鹤远在哪儿呢？

鹤远，你快出来吧，我好难受，你知道我一直在等你吗？

鹤远，我的女神，我的上帝！

已经下午三点了，我肚子饿得咕咕叫，可我不想离开这里半步，我只想尽快看到我的鹤远。

嘀嘀嘀，一阵汽笛声，从车上下来一对时髦的男女，两人一身名牌。我仔细一看，天，我的鹤远，那女的不是我的鹤远吗！

"哎。"我喊道，我刚跑过去，鹤远看到了我，她跑过来赶紧把我拉到了一边，她有点儿生气地说："你咋来了？"

我说："看你，我不是想你了嘛！我拿着这个信封就找你来了。"

我说："我还没有吃饭呢，饿死了，咱们去吃烩面吧。"我多么渴望此时能够拥抱她一下啊。

"吃你个头。"她说。

"咋啦？"我晕了。

还没有等我回过神来，我听到那个男人喊："你们干什么呢，快点儿啊，鹤远！"

"来了来了。"鹤远推了我一把，扭身走了。

"他是干什么的啊，这么久？"我听到那男人问。

"一送信的，送错地方了，别理他。"我听到鹤远说。

看着他们相拥着离我远去，我突然感到头晕目眩，这难道是在做梦吗？

我是在做梦吗？我问自己。

守候一株鸢尾

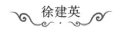

徐建英

这是一座旧式的院落,青砖灰瓦,靠南的墙角长满了青苔,黄的绿的一直蔓延至墙根,破落的院门随风吱嘎作响,风卷起地上的叶儿打着旋儿满院飞扬。

她倚在门牙边,怔怔地望着对面的篱笆院墙,那儿曾经蔓延着一大片鸢尾花海。花儿鲜亮的紫色如火焰般,所有的线条都热烈地扭曲。每一朵花都似伸向天堂的手掌,一阵阵浓烈的气息,可以轻易将任何一个路过篱笆院墙的人拍晕。

可惜那只是曾经!

那时男人很年轻,有点瘦,但是身板儿结实,细小的眼睛眯着笑,闪着亮亮的光,一天到晚围着她转。她说:"鸢尾真好看,瞧那花瓣,像极了鸢的尾巴。"他笑得更欢,眼睛贼亮贼亮地望着她。

到了春天,院子里似变戏法般倏地开满了花。

一场病后,男人变了,暴虐的吼声响遍每个角落。院子荒了,如同她的心,长满了草。

屋里的男人此时又咳了起来,夹着含混不清的骂声:"又死哪儿去了?"

她皱了皱眉,叹了口气,返身走进屋内。男人的咳嗽似拉风箱响起,佝偻的脊梁陷在被里,筛糠般地喘。他那枯槁的脑门上仅有稀稀的几绺头发

摆动,紫黑的脸皱成一团,仍不忘记开口咒骂。见她站在床前,他拉扯着她的手:"不耐烦侍候我了?想走是不是?走啊……我让你走!"又搂着她欲伸过来扶他的手,指甲狠狠地陷进她的手臂中。一阵阵剧烈的咳嗽在耳边响起……

她含着泪,下意识地抿紧嘴唇,手臂的刺痛钻心地袭来。曾经,她的手臂无数次被他拥在怀中,而今所有的温存早已尽数褪去,残留下的是一道道狰狞的血痕。想到此,她再次抿紧双唇,紧紧地,唇边的血痂又一次裂开,一缕血丝沁了出来。

男人停了咳嗽,终于松开了她。

她倚在篱笆边,每次哭过之后,她都习惯待在这儿。低头,脚下的篱笆缝隙中透出一缕绿色:一株鸢尾弱弱地耷拉着藤蔓,一如现在的她,虽还年轻,却已是面容灰暗,头发干涩,眼睛无神。她叹了口气,轻轻移出藤蔓,随手拔去周边的青苔,培了些土,小心地把它偎在篱笆墙边。

一场连绵的春雨降临,浸湿了整个小院。泥泞的篱笆墙边,她在雨后意外地发现那株藤蔓活了下来,而且越发地旺盛,在周围的绿色杂草中显得格外醒目。她盯着藤蔓,心突然一动,转身从屋内找来了锄头。

破旧的院落经她整理,小院顿时活泛了许多,那些枯败的叶儿,新长的嫩草被她拢在院外。院内那丛绿色的藤蔓立时带来了一院的春意。她大汗淋漓地脱去外衣,又动手修补好那早已残缺的篱笆,抬头时,发现男人此刻站在窗前,安静地望着她。

她一笑,对着男人无意识地一笑。男人一怔,望着她,目光掠过她裸露的手臂,停住了。她望着自己手臂上卧着的蛇一样突兀的疤痕,慌忙拾起地上的外衣赶紧罩住。再抬头时,她发现男人的眼里波光闪动。

男人开始变得安静,不咳时,静静地坐在院中,看她在院中忙忙碌碌走动,有时会走上前,轻轻擦去她脸颊淌下的细汗。而她,在男人静静地注视下忙忙碌碌地培土,忙忙碌碌地移栽,紫的花,绿的叶……

她记得,男人曾为她种过一院的鸢尾。

男人咳嗽的时候，脸还会被憋成紫黑色。此时，她轻轻地拍着男人的后背，然后取了汤匙。男人孩子般，任她将汤汁一勺勺喂进嘴里。她不忙时，也会安静地坐在男人身边，看着男人，看着小院，静静地。

春日的小院中，有一株鸢尾在绽放。

最美的项链

周　礼

　　自从来城里打工后，女人就特别想要一条项链。每当经过珠宝店的门口，女人都忍不住驻足，可是她没有勇气迈进去，因为那些项链实在贵得太离谱，不是她那样的家庭能够承受的。

　　一年前，女人和男人为了给孩子筹集学费，他们双双来到城里打工。女人在一个白领家当保姆，月薪一千二百元；男人在一家建筑公司上班，月薪两千元。为了节省钱，他们租了一间阴暗狭窄的地下室，但就是这样一个别人看也懒得看一眼的地方，每月的租金也要三百多元。尽管男人和女人恨不得能把一分钱掰成两分钱用，但他们的日子仍然过得捉襟见肘，除去水电费、生活费和日常开销，剩下的钱他们统统都寄回了老家。

　　转眼到了月末，东家认为女人的工作做得细致出色，特地给她发了三百块钱的奖金。女人本想把这笔钱存起来，等将来积攒多了买一条项链，但她一看到男人身上那洗得泛白的衣服就犹豫了。男人已经很久没有置件新衣服了，他总说："一个打工的穿那么好干什么？每天与沙石混凝土打交道，穿好衣服简直就是糟蹋。"虽然男人嘴上这么说，但女人心里明白，男人是为了节省钱，谁不想穿得光鲜一点，体面一点呢？就在这时，女人忽然想起，再过几天就是男人的生日了，不如用这三百块钱给男人办一身行头。

　　十一月八日，是女人的生日，也是男人的生日。那天，男人早早就回到了家里，吃罢晚饭，男人神神秘秘地从上衣口袋里掏出一个盒子，然后从里面拿出一件东西递给女人说："来，戴上试试，看合不合适？"

这么多年来，男人还是第一次送礼物给女人，女人感到既惊喜又意外。女人一直认为男人是一个粗心的人，从未将她放在心上，为此，她不知抱怨过男人多少回。但这一次，女人对男人有些刮目相看，心里感到十分温暖。女人接过礼物一看，不禁失声地叫了起来，天啦！那竟是一条金光闪闪的项链，她不知在梦里梦见过多少回，真不敢相信有朝一日会拥有它。女人拿着那条项链看了又看，亲了又亲，高兴得手舞足蹈。

短暂的兴奋过后，女人立刻变得警觉起来，她严肃地质问男人："你哪来的钱，买这么贵重的东西，不会是从外面偷来的吧？"男人听后呵呵地笑着说："傻瓜，这是假的，是我花三十块钱从地摊上买来的。虽然它不值钱，但代表了我的一番心意，等以后挣了钱，我一定给你买条真项链。"

听男人这么说，女人悬着的心才慢慢放下来，他让男人帮她把项链戴在了脖子上。女人在镜子前照了又照，她觉得自己一下子变得高贵起来，就像童话中的公主。说实话，这条项链真的太漂亮了，她非常喜欢。不过，她的心里还是隐隐有一丝遗憾，如果那是一条真项链就更好了。

日子就这样不温不火地过着。半年后的一天，女人突然接到男人单位打来的电话，说男人在工地上出了事。当女人赶到医院时，男人已经离开了人世。据一位工友讲，男人是因为过度疲劳，不小心从钢架上掉下来的。听人说他欠了别人一笔钱，每天下班后还要出去做一份兼职。

恍惚间，女人忆起，这段时间男人很不正常，每天早出晚归，总是一脸疲惫的样子。女人问他，他也不说。可男人怎么会欠别人钱呢？女人想不明白。直到半个月后的一天，她在整理男人的遗物时，在一个记账的笔记本里发现了一张发票，上面写着：卡地亚铂金项链一条，价格四千九百九十八元，时间 2011 年 11 月 8 日。

原来那条项链是真的。男人知道女人喜欢首饰，就在她生日那天借钱买了一条，他了解女人的个性，如果说是真的，女人打死也不会要，才故意骗她说是从地摊上买来的，并将购物发票悄悄地藏了起来。

望着手里的发票，女人的脸上溢满了泪水，说不清是幸福，还是痛苦。

雷大爷的心事

蓝 月

雷大爷悠悠醒转,醒来后的第一句话雷倒了在场的所有人。

雷大爷抓住儿子雷晓鹏的手说:"儿啊,爹从来没有求过你,爹求你一件事,我死后,千万不要把我和你妈葬一块儿。"一旁的雷大妈晃了晃身子差点晕倒。

雷大爷和雷大妈夫妻做了五十年,从来没见吵架拌嘴,虽然雷大妈脾气有点急躁,快人快语,但是对雷大爷非常好,自从上次雷大爷心脏病发作以后,更是寸步不离,随侍左右。

当年,正值青春妙龄的雷大妈由父母做主嫁给了比她大足足十二岁的雷大爷。雷大妈的父母做出这个决定是有理由的,雷大爷虽然貌不惊人,却是那时罕见的大学生,拿国家饭碗的公务员,也就是别人说的铁饭碗,雷大妈跟着他一辈子生活都有保障了。更重要的是,雷大爷脾气好,对谁都谦和,不愧是知识分子,知书达理。近朱者赤近墨者黑,自己女儿从小脾气急躁,就该找个有文化的调教调教。

婚后,雷大爷果然处处让着雷大妈。雷大妈说东,雷大爷不说西。雷大妈嗓门一大,雷大爷就不和她理论了,拿本书自顾看去。雷大妈能干,大桩小件都处理得井井有条,雷大爷也就懒得去管了,落得清闲,当然雷大爷的工资全都交给雷大妈保管。雷大妈逢人就说:"我们家那口子是被我惯坏了，什么事都不上心，我前世不知道是不是欠着他了。"嘴巴抱怨，脸上却掩饰不了自豪。

最让雷大妈自豪的是儿子雷晓鹏。晓鹏名牌大学毕业，在外国人办的公司当金领，经常国外国内地飞，回国总会带着稀罕东西回来孝敬二老，就算没空回来，也会一天一个电话，雷打不动。村里人都跷着拇指夸，雷大妈总会说："那小子是真争气，打小学习从来不用我操心，幸亏不像咱家的那位。"就有人会打趣："怎么不像了，你家那位不就是大学生嘛！"雷大妈撇撇嘴说："大学生没错，书呆子一个。我儿子一点也没有他的呆气。""那是！那是！"村里人笑呵呵地走了，雷大妈也乐呵呵地回家了。

雷大爷确实有点呆气，不爱出去走动，整天闷在家里看书，特别是退休以后更是书不离手。其实，雷大爷也喜欢和人聊天，但聊着聊着雷大妈就拿眼瞪他，说他："说话不合群，小百姓就应该聊家长里短，谁聊四大名著，显得你能耐不是？就你认识字啊！"雷大爷就闭了嘴。除了看书，雷大爷还喜欢喝两口小酒，但是年轻时就戒了。雷大妈说雷大爷心脏不好，喝酒伤身子。雷大爷说："书上说少喝点舒筋活血对身体有好处。"雷大妈说："书书书，书上说啥你都信，我还能害了你？我说喝酒不好肯定不好，你再说，烟也不许抽了。"雷大爷就不吭声了。雷大妈说："瞧你那熊样，好像我虐待你似的，我还不是为你身体好啊，你怎么就不理解人呢？"雷大爷赶紧说："理解理解。"雷大妈说："理解就好，你的身体全是我在照顾呢，你必须听我的，烟不能抽多了，一天只能抽三支。"

就这样雷大爷还是突发了心脏病，幸亏雷大妈及时送医院，果断签字做了心脏搭桥手术，才没有出大事。但是这次以后雷大爷的三支烟也被取缔了。

生活在雷大妈的操持下，四平八稳波澜不惊，就像窗外的老槐树，叶子黄了又绿，绿了又黄。雷大爷经常会站在窗口默默地看，若有所思。老槐树也默默看着雷大爷，发出沙沙沙的声响。

这天，雷大妈像往常一样买菜回来，一回来就"老头子老头子"地叫，虽

乡村爱情·谁来为我做嫁衣

说多数时间雷大爷不会接茬,但是习惯了。雷大妈一边叫一边放下菜篮子去书房,竟然发现雷大爷再一次晕倒在地,可把雷大妈吓坏了,赶紧打电话给儿子并为雷大爷做心脏按压——因为雷大爷心脏不好,雷大妈特意照电视上学了应急抢救,这回还真派上用场了。没多久,儿子开车回来了,儿子才回来,雷大爷就醒了。醒了就吐出了那句让雷大妈肝肠寸断的话。

雷大妈一边抹泪一边问:"你这个没良心的,我伺候了你这么多年,难道伺候错了? 你就这样恨我?"

雷大爷哆嗦着嘴皮子,淌下了两行泪:"你对我好没错,可是你知道吗? 我一点自主权和自由都没有,我就这样窝窝囊囊做了一辈子你的囚犯啊! 这辈子我认了,下辈子我想做回我自己。"

说完这些话,雷大爷如释重负地闭上了眼睛。

秦三响

赵明宇

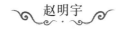

秦三响常常戴着墨镜吹着口哨在街上溜达。有一次和香气袭人的米香擦肩而过，忍不住耸耸鼻子回头看。米香也停下来，回过头看秦三响。四目相对，米香歪着脑袋说："你看我干什么？"秦三响说："你不看我咋知道我看你了？"米香语塞，脸一红，不依不饶地讨伐秦三响。

可哪里是讨伐，简直是打情骂俏。

米香和秦三响的婚礼也很传奇。别人结婚都是找车队，可秦三响到邻居家借来一头小毛驴，驮上米香，就把新娘子娶回家了。

婚后的米香，牵着秦三响的手在街上走。那时候还不是很开放，好多人瞅着，掩了嘴，哧哧笑，替他们害臊。

秦三响穷，娶回一个如花似玉的小媳妇儿，好多人羡慕。

家里穷，却笑声不断。秦三响说："米香，我要让你过上好日子，我要盖一座全村最漂亮的楼房，苫上琉璃瓦，贴上白瓷砖。"

秦三响借了钱，开始养鸡，没日没夜地在鸡场操劳。米香抿着嘴笑："你对鸡，比对老婆还亲。"秦三响抱着一筐鸡蛋，忙得满头冒汗说："哪能呢，这就是咱们的砖瓦、水泥、钢筋，我要从鸡屁股里掏出一座楼房。"

正说着，门外马车响，桑宛宛来送饲料。

秦三响说："桑宛宛，你倒腾饲料不少挣钱吧？"

桑宛宛嘿嘿笑，打量着花枝招展的米香说："嫂子真漂亮。"

秦三响说："好看？你把她领走吧。"桑宛宛说："这可是你说的，别反悔。"

米香说："去去去，少贫嘴。"

秦三响的鸡死了一片，把借来的钱赔个精光。秦三响低着脑袋，喝闷酒。

日子一天天过去了，桑宛宛来要饲料钱，秦三响说："我的鸡全死了，给你个头！"

桑宛宛坐在秦三响家里，跷着二郎腿说："不给钱就不走。"

秦三响说："你不走，我走。"说着，夺门而出。

天黑，秦三响回来的时候，桑宛宛已经走了，让他生气的是米香也走了。米香给秦三响留下纸条说："秦三响，我要离开你，找我的好日子去了。"

后来才知道，米香和桑宛宛也建了一个养鸡场。秦三响不服输，又开始养鸡。

两年后，成了养鸡状元的秦三响，终于盖起了村里最漂亮的楼房，还买回一辆轿车，把喇叭按得山响。

秦三响最想做的事儿就是找到米香。

他按着车喇叭，停在米香面前时，米香低着头。米香说："桑宛宛的养鸡场快要支撑不住了。"

秦三响走进鸡场，抓起一只病恹恹的鸡看一眼，踢了一脚烂醉如泥的桑宛宛说："这是鸡得了瘟疫。快去取药，把鸡挪到干燥通风的地方。"

临走，秦三响跟米香说："好好过日子。楼房算个啥？"

他又把桑宛宛拉到一边，挥挥拳头，恶狠狠地说："第一，你不该在饲料里面下药，毒死我的鸡，乘机骗走米香；第二，你以后要对米香好，否则，她还会跟别人跑的。"

上车的一刹那，米香喊了一声秦三响。秦三响装作没听见，一踩油门，黑色的轿车鸟一样飞远了。

哑 姐

盐 夫

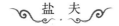

　　瓢城周边乡村里家家喜种葫芦。门前茂盛的青藤里一定有葫芦的藤，三场雨两场风过去便能看出来了。风雨后，那葫芦从屋檐边慢慢露出屁股尖来，渐长渐大。葫芦剖成瓢，可以舀水、扬米、播种。不剖开，可做渔浮子，做娃娃尿壶，做水壶、酒壶、油壶。现在瓢城不比从前，葫芦制品用得不多，农村有时还有用的。葫芦大多被城里人收购了。上彩的工艺葫芦能卖好价钱，有人就专营这生意。

　　哑姐不会说话，有人把她带进了瓢城。她做了一名画工，专门在葫芦上画彩绘，画花画鸟画虫画鱼，画七仙女与董永。哑姐是头年进的城，隔年又回老家。哑姐没有婆家，刚过二十一岁生日。可回来时，哑姐肚里却多了条小生命，一动一动的。哑姐返乡没有久住，便与母亲又出远门了。大姑娘怀孕不是好事，不能张扬。哑姐年轻、漂亮，还得嫁男人过日子，哑姐便随母亲去躲了。她们去躲的地方叫大陈庄，很远，得过西塘河、蟒蛇河、皮汉河、串场河等数条大河。大陈庄信息闭塞，不通公路，进出大陈庄的人喜走水道，水道比陆路方便。赶个早，风顺，日头不落，船便到石磨盘码头。

　　陈先生早早候在码头。船靠岸，陈先生便领两个女人去他的小诊所。陈先生与哑姐有些亲戚关系，这关系陈先生也很难理清，说陈先生二表叔是哑姐三嫂娘家的五姨夫。绕来绕去，称呼不好定，好在哑姐不会说话，称呼

就不必要了。陈先生是乡村医生,学过西医、中医,学过妇产科,大陈庄上不少孩子是陈先生接生的。陈先生诊所不大,两排小房围一院,居家与诊所也不分。瓢城有瓢城习俗,有生便有死,女人生孩子都在公婆家,外来女人在屋里生孩子是忌讳的。好在陈先生宽厚,还有那么一层亲戚,不好推,清空前屋侧房,暂先让哑姐与她母亲住下。

哑姐产期或许还有两三个月。每天,她坐在院子里单等那一天到来,手也不闲,织些毛线针活。二海赶一群鸭子从门前走过,每次总要停下来躲在门外,伸出头来去看漂亮的哑姐,痴痴的。鸭子偷吃庄稼了,被人撵了几块田远,二海也不知道。有人就踢二海屁股,说:"二光棍想大姑娘了?那可赚大了,买一送一!还不去看好你的鸭子?"二海就一拐一跳去撵鸭子,二海腿不好。哑姐知道门外有人,也不抬眼,依旧织手中活儿。织完了,哑姐就看天、看云、看小鸟。有时也看墙头上葫芦开花,看着看着就流下泪来了,拿个棒子就猛打蚂蚁。再抬眼,那葫芦也结成了,便从叶子下面露出来。这档子葫芦还不大,晒干,掏空,正好做娃娃尿壶。哑姐就去摘,哑姐母亲便捉住哑姐的手:"还有脸摘这个?"哑姐眼里一股委屈,便低头下来。

门前却冒出一篮青皮鸭蛋。

哑姐母亲心里明镜似的,她知道是谁送来的。再看二海时,就给二海笑脸,搬条凳让二海坐下来喝水。哑姐很不高兴,掀翻凳子,重重拍上木门。二海爬起来就去追他的鸭群,嘴里骂道:"大姑娘生娃!哑巴生娃!"

哑姐跺着脚,呀呀呀地叫。

苏东地区现今多种水稻。秋季稻谷上粮囤,留下便是草垛了,金草垛沿河堆放,是一道很美的风景。草垛怕孩子们爬,可孩子们又很喜欢爬草垛,站在草垛尖尖上跳啊唱的,再溜坡下来,是很大的快乐。大人们可不许,上过的草垛就漏雨。漏雨了,一冬天就没干草烧了,牛也没了好草料。一见孩子上草垛大人就撵就赶!

二海歪坐在石碾上,手里攥串小鞭炮。孩子们喜欢这东西,好玩儿,便过来了。二海取下一颗,点上火,叭,很响耳。"要么?"孩子们就都伸出手来。二海不给，拿炮的手藏在背后。"给是可以的嘛，但得看谁勇敢。"二海一条腿站起来，指指打谷场上草垛说，"上那草垛，撒泡尿回来就赏一颗！"孩子们喜欢这游戏，就都去了，也都尿了。孩子们正尿尿，却又噤住了——他们听得一声喝叫："日奶奶的。"有音，却不见有来人，倒是松软的稻草堆下面有东西蠕动，就钻出一人来，是陈先生。陈先生样子很可怕，湿头发上粘着草屑，手指上是淋淋的胎血……孩子们很怕，哇的一声逃了，但孩子们却听到了一个婴儿的啼哭，停下步去寻——那声音竟然来自草垛里。

孩子们不知是一堆架空的草垛。

哑姐被陈先生安排在草垛里生娃。

有人打了二海一耳光。

哑姐的娃叫草生。黑地里，草生被人抱走了。哑姐不让，哭。哭了，娃还是被外人抱走了。外面的孩子们唱起了《葫芦歌》："葫芦开花，娃娃想家，葫芦结瓜，姐流泪花……"幽幽怨怨的。大陈庄有人想让哑姐留下来，陈先生与哑姐母亲也这样想。都说二海腿不好人还是不错的，有一群鸭，也不嫌哑姐，哪儿去找？多好啊！

哑姐没有留下来，哑姐走了。

哑姐走时，匆匆的，眼圈也红红的。

哑姐也有梦。

旋　磨

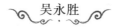

吴永胜

　　入冬后，地里的活儿少了，趁着空闲，李香素想把屋檐下那副磨旋一旋。想想，得找何少保。

　　李桐沟有不少石匠，但大多只有砌砌基石、垒垒堡坎的手艺，能干旋磨这细活儿的，现在，就剩何少保了。

　　石磨是有福打下的，选的是上好的磨子石，用了十多天工夫才打出来。新磨在房檐下一放，惹得沟里的人都眼热。磨墙上，阳刻四幅喜鹊闹梅图案。"呼呼"推动磨子，图案跟着旋动，那些喜鹊就雀跃着活了。下片磨扇的沿，雕了两条龙，磨下的粉末或者浆水，从龙口会合处，"扑扑"或者"哗哗"地出来，很有气势。磨道阴阳凹凸，最难处理。有福有那本事——两扇磨一合，那缝，规整得只细细一线。磨经常推动，有磨损，隔一两年，便得把磨道旋一旋。有福旋了十来回，到如今，再旋不动了。

　　要不是有福想吃汤圆，李香素是不会去找何少保的。何少保和有福都是李桐沟响当当的石匠。到现在，她都不知道当年自己到底是喜欢他们中的哪一个。当然，她也一直没去想过这个问题。自从爹妈做主把她嫁给有福后，她总觉得对何少保欠下了什么，每次碰到他，都很不好意思。有福瘫痪后，她更不敢见到何少保，怕别人说三道四。

　　何少保端碗南瓜饭，蹴在门槛上，正吃，见了李香素，咧开嘴就笑。

"咋的,想我了?"

"老都老了,还没个正经!"

"老了好哇! 好比这南瓜,嫩的只甜不面;老的又甜又面,多好。"说笑过了,才问,"有啥事?"

"我想把磨子旋旋。"

"谁还用磨子? 机器多好,省事,又快。"

"有福喜欢吃汤圆。机器磨出的米粉有股铁腥味儿。"

何少保嬉笑的脸,一下板了起来。

"有福有福,他龟孙真有福呢!"叹了口气,说,"旋子、凿子啥的,好多年没用了,得用火淬一淬。明天来。"

回家后,李香素称出十斤糯米、四斤白米,拌和匀了,再倒进桶里,舀三瓢清水泡上;把躺椅支在檐下,从灶膛里扒出炭头,装了半风笼,拿毡子捂盖严实了,放到躺椅下,然后给有福洗脸、喂饭,再背他出来,放在躺椅上。安顿好有福,从井上提来桶水,拿洗衣服的刷子蘸了水清洗磨子。算一算,磨子快十年没用了。

她一边洗一边和有福说话:"你喜欢吃汤圆,把磨道旋旋,磨好粉子给你做。"

有福眨巴着眼,"唔"地应了一声。

"你旋不动磨了,找了何少保。"

有福眨巴着眼睛,没有回应。

洗到龙口处,李香素停了下来。她伸出手,拿指肚子轻轻抚摸水泥修补过的龙头,叹了口气:"立秋那短命鬼! 那一榔头哇,没伤到你,却把你的手艺给毁了。也不晓得他们过得好不好。"

有福在躺椅上挣扎了几下,努力要说话,脸涨红了,却说不出来,只嘴里"嗯嗯咻咻"响。李香素赶紧过去,拿手在有福颈背部揉。"你急啥呀? 你别急! 我就和你说说闲话,不然闷得慌。"待有福平静些了,伸出手掌,摊在有福嘴前,问:"有痰没有?"见有福转动眼珠,没有要吐痰的意思,才又回到磨前,叹了口气,说:"往后任我说啥,你都莫急。"

何少保来的时候，眼眶上挂一副老花镜。他左手提个竹篮子，里面装着旋子、凿子、锤子；右手拎着两只腊猪脚。一入院子，不等李香素说话，打几个哈哈，先开了口："一个人吃饭，火都烧不旺。这个腊猪脚硬哈！你得拿火慢慢煨，煨和了才安逸。"

李香素眼眶子有些红。

"他叔……"

何少保将猪脚往李香素面前一放，不给她说话的机会。

"啥他叔？我就是你哥嘛！以前你喊一声'哥'，我锤子都捏不稳，'哐当'一声就砸脚上；现如今喊'他叔'，要划清界限哈？"

李香素脸就有些红了，赶紧从屋里拿出酒瓶，说："我给你舀酒去，帮我照看着有福。"

"酒当然要舀，帮工不喝酒，干活儿手发抖。看有福做啥？我恨不得踢他两脚哩！"何少保嘴上说着，还是去跟有福打了个招呼，然后脱下大袄，换上褂子，拆下磨扇，放到地上，排开工具，拿张小凳子坐下，一边"叮当叮当"地清磨道，一边和有福说话。

"你说你龙精虎猛一个人，咋就瘫了？"

有福喉咙里"唔"一声。"香素那么好块地，让你给荒废了！你是有福还是没福啊？"

有福"唔唔"两声。

"香素跟着你，辛辛苦苦的，好不容易把娃都拉扯大，都出息了，眼瞅好日子来了，你龟儿却瘫了。早知道，老子当年就不该把她让给你！真想踢你几脚！"

有福涨红了脸，涨红了眼，一个劲"唔唔唔唔唔"。

何少保停下手里的活儿，伸手把眼镜往上推了下，偏过头，看着有福。

"你个龟儿子！我就是说闲话嘛！你'唔唔唔'个啥？"

有福就真不"唔"了，定了眼珠子，看何少保。

"有福有福，你到底有福呢，还是没福？"何少保回过头来，又忙上手里的活计了，隔好一阵，才自问自答，"还是你有福啊……"